# この顔と生きるということ

岩井建樹
朝日新聞記者

朝日新聞出版

# はじめに

家族のアルバムを開くと、長男が大きく笑った写真が少ないことに気づきます。

2010年6月20日午前0時過ぎ、長男拓都《たくと》は生まれました。出産に立ち会った僕は、診察台の上に乗せられた拓都の顔を、カメラを手に、のぞき込みました。元気のよい泣き声、かわいい泣き顔……。「あれっ、なにかが変だ」と違和感を覚えました。僕が知っている赤ちゃんの泣き顔と違ったからです。

口元が大きくゆがんでいました。

医師に尋ねると、「調べてみる」と言われました。僕と妻は入院室で待ち続けました。翌日の夕方、医師は「一時的な神経のマヒではないか」。吸引カップを使って、引っ張り出す吸引分娩をした影響かもしれない、との説明でした。しかし、詳しいことはわからず、大学病院を紹介されました。

僕も妻も、ちょっとしたパニックに陥りました。長男の姓名判断をお願いしていた占い師に、電話で相談するなんてこともしました。

大学病院では「脳に異常があるかも」と言われ、MRIなど様々な検査を受けました。数カ月後に出た診断結果は「顔面右側の表情筋の不形成」。右顔の筋肉や神経が少なく、原因は不明とのことです。右顔の口角を動かせないため、笑ったり泣いたりするときに表情が左右非対称となり、ゆがんでしまいます。右目はまばたきできないため、弱視になる恐れがあります。自然に治ることはなく、筋肉や神経を移植する手術はできるものの効果は限定的とのことでした。

医師には「将来は麻痺が右半身に広がる可能性がある」とも言われ、極端に不安に感じました（その後、進行性のものではないことがわかりました）。

通院のかたわら、僕はインターネットで情報をひたすら収集しました。しかし、病院の説明よりも詳しい情報や、同じ症状を抱えた人の体験談を見つけることはできません。

拓都が泣いたり笑ったりするたびに、その顔を見て僕は落ち込みました。そんな僕に対し、妻は生まれたばかりの拓都の世話に奮闘していました。あるとき、妻は「いつまでもウジウジしていても仕方ないでしょ」とぴしゃりと言いました。

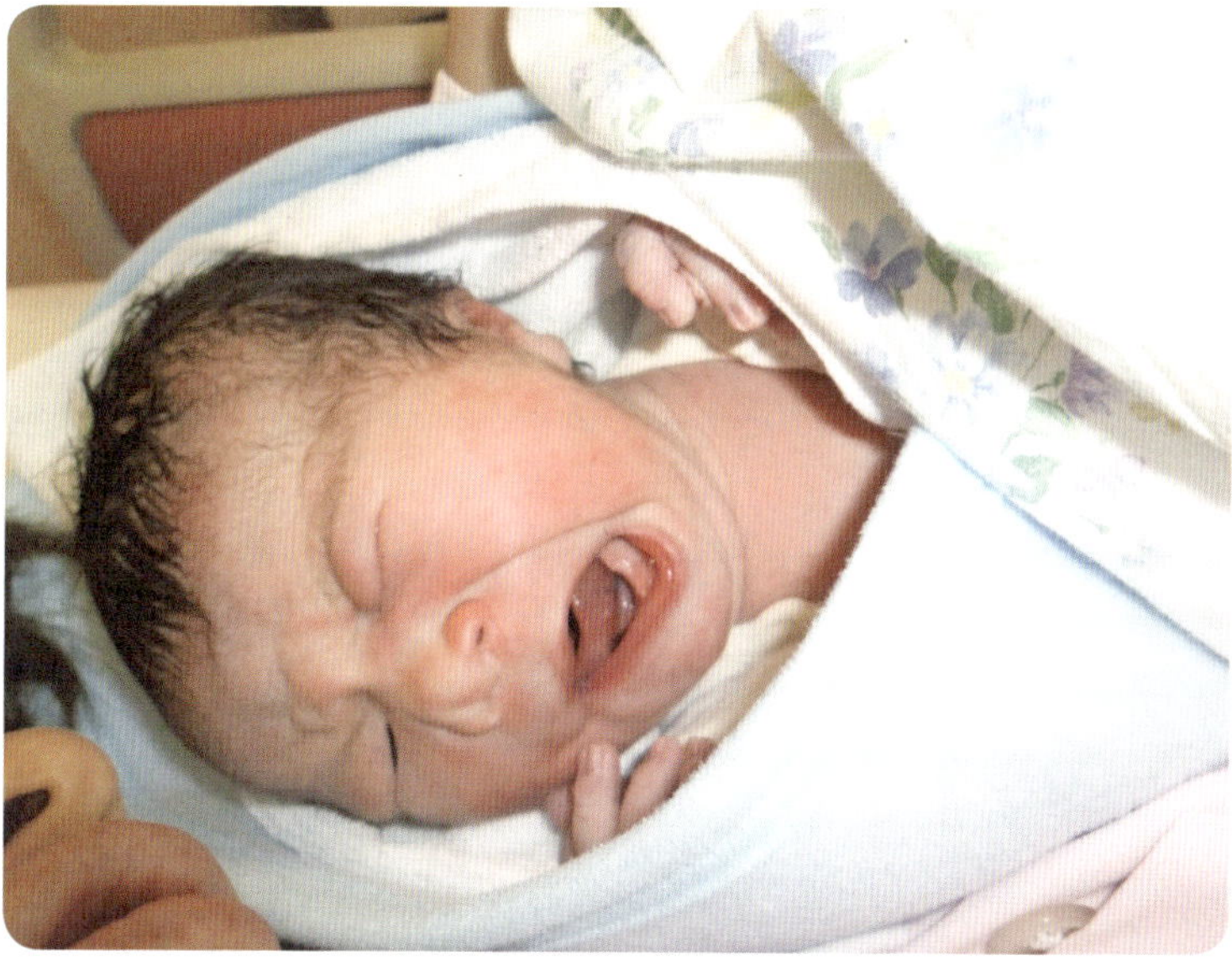

上・生まれたばかりの筆者の長男
下・同じ症状の清水健太さん（左）と長男

その年の冬。僕の実家に帰省した際、「拓都の症状のことは、ほかの親族には話すなよ」と父親に言われました。「ふざけるな」と僕は目くじらを立て反論しました。ただ、なんとなく父親の思いもわかり、親族にきちんと説明しませんでした。

写真館で家族の記念撮影をしてもらったときには、長男が笑顔の顔は避け、なるべくゆがみのない表情の写真を現像してもらいました。普通であれば、親は子どもが笑った写真をたくさん残したいと思うでしょう。でも、僕にはできませんでした。

そんなときに知ったのが、NPO法人「マイフェイス・マイスタイル」（東京都墨田区）でした。普通とは違う外見の人たちが生きづらさを感じたり、差別を受けたりすることを「見た目問題」と名付け、解決に向けて活動する団体です。

僕はすぐに、マイフェイス・マイスタイルに取材に向かいました。外川《とがわ》浩子代表から、見た目に疾患を抱える人たちが、学校でいじめにあったり、恋愛に踏み出せなかったり、就職で差別を受けたりしている実情を伺いました。そして、生命の危機も治療の緊急性もないことから問題が過小評価され、社会的に放置されている現実を知りました。

マイフェイス・マイスタイルを通し、拓都と同じ症状を抱える男性と知り合い、

2012年秋に会いました。清水健太さん、当時32歳。清水さんは拓都の顔をまじまじと見つめ、「初めて、同じ症状の人に会いました」と目に涙を浮かべました。清水さんは学校生活で苦労したこと、右目は今ではほとんど視力がないこと、手術を受けたが満足した結果は得られなかったこと、勉強を頑張り今は大学で研究者をしていることなど、自らの体験をとつとつと語ってくれました。

「拓都くんが、私と同じような苦労をするのではないかと思うと胸が痛いです」と言いました。

拓都も成長するにつれ、自分の顔を意識させられる場面に出くわすようになりました。3歳か、4歳のころでした。僕と公園で遊んでいると、知らない子から「変な顔で笑うなぁ」と声をかけられました。「ついに言われたか……」と僕は鼓動が早まるのを感じました。

拓都を見ると、その言葉が聞こえなかったのか意味がわかっていないのか、変わらず笑っています。「生まれつきだよ」と、僕はその子に説明しました。拓都は今後の人生で、何度もこういう質問を受けるのだろうな、ちゃんと自分の言葉で説明できるように育てないといけないなと感じました。

5歳のころ、絵本を読み聞かせしていると、江戸時代の「見せ物小屋」の話が出てきました。拓都は「ねぇ、パパ、僕も大人になったらここに行かなきゃいけないの？」と真剣な表情で聞いてきました。僕は絶句し、「なんで？」と尋ねました。拓都は言いました。「だって、僕、顔がうまく動かせないから」。どう答えればいいのかわからず、「そんなことはないから大丈夫だよ」とだけ伝えました。

これらの経験を通じ、僕は思いました。「拓都は学校生活や恋愛、そして就職で苦労するのだろうか。自己肯定感をきちんと育むことはできるだろうか。ありていに言えば、幸せな人生を送ることができるのだろうか」と。

同時に、ジャーナリストとしての好奇心が刺激されたことも、ここで白状しなければなりません。当事者たちは具体的にどんな困難に直面し、そしてその現実にどのように対処しているのか、そして彼ら・彼女らは幸せをつかむことができているのか、知りたい。

「外見に疾患のある子を持つ親として、そしてジャーナリストとして、たくさんの当事者に会って話を聞こう」。見た目問題をたどる僕の旅が始まりました。

CONTENTS

第2章

## 学校生活という試練



第3章

## どんな顔でも自由に働きたい

第4章

## 誰かを好きになったら



第5章

## 見た目を武器にする

第6章

## 視線という暴力



最終章

## この子の見た目を愛するということ

# 第1章

# 生きづらさの海の中で

## 見た目に自信を持つことの難しさ

あなたは、自分の外見に満足していますか？

ある世界的なビューティーケアブランドの調査によると、日本の少女（10～17歳）の93％が容姿に「自信がない」と答えました。調査の対象となった14カ国のうち最も高い割合でした。日本の若者がいかに自分の外見に自信を持っていないかがわかります。

駒沢女子大学の石田かおり教授（化粧の哲学）は、その理由について「日本人は自らの外見を、メディアを通じた理想の身体と比較して評価を下しているから」と言います。現代は「外見で選別される時代」になっており、見た目が一定の水準でないと、人として低い評価しか受けられない恐れがあると指摘します。

もちろん、外見を美しくしようと努力することは悪いことだとは思いません。化粧や着こなしによって自信が持てるというなら、とても素晴らしいことです。大切な仕事の前に、髪を整えたりメイクをしたりすることで、気持ちが引き締まるという人もいるでしょう。

しかし、容姿にこだわるあまり、「自分は他人より劣っている。こんな外見に生まれなければよかったのに……」と自己嫌悪に陥ってしまうのであれば問題です。

外見に症状がある人の中には、その見た目を原因に、生きづらさを感じている人がいます。僕の長男も、やがて思春期を迎え、うまく笑えない自分の顔に不満を持ち、自信を失うかもしれません。

生きづらさを抱えた当事者は、どのように症状と向き合っているのでしょうか。

＊

## 「自分の顔は〝のっぺらぼう〟」

茨城県に暮らす中島勅人《のりと》さんは子どものころから、自分の顔がどう見られているかを気にしてきました。生まれつきリンパ管腫と呼ばれる疾患のため、顔の左側が大きく膨れあがっています。44歳になった今もジロジロ見られれば､心がざわつきます。低い声で、ゆっくりと、淡々と体験を語ってくれました。

中島さんは、幼少期から手術を繰り返してきました。3歳のときには、大きく腫れた舌を切る手術を受け、術後に呼吸困難に陥ったそうです。

「覚えている限り、これまでに計7回の手術を受けています。手術の後遺症で、顔の左側に神経障害が残ったそうです。左目はまばたきがスムーズにできず、目を完全に閉じることができません。左のほおの感覚がほぼありません」

大学1年生のとき、中島さんは「普通の顔になるんだ」と希望を持ち、7時間にも及ぶ手術を受けました。でも、思い描いた「普通の顔」を手に入れることはできませんでした。

「術後、トイレの鏡の前に立ったとき、患部のガーゼがふいに外れました。顔がほとんど変わっていなくて落ち込みました。術後に患部が感染し、再手術もしたため、1年以上にわたり入院しました。退院後もリハビリが続き、休学していた大学を退学しました。

それ以降、私は手術を受けていません。外見に症状がある人の中には、あきらめきれず、毎年のように手術を受ける人もいます。その気持ちも確かにわかります」

街に出ると、好奇の目で見られることがありました。

「すれ違いざまに『何、あの顔?』と言われたり、『うわっ!』と驚かれたり。指をさされ、ニヤニヤされたこともあります。ほおを膨らませてマネをされたことも。小さな子どもに

は怖がられることもあります。子どもに悪気はないので、仕方がないなとは思っています。そうした体験がトラウマになり、思春期のころは特に、人からどう見られるか気になりました。見知らぬ人の視線に心がかき乱され、いつもイライラしていました。顔を見てくる人がいれば、にらみ返していました。今も視線は気にはなりますが、放っておきます。

スマホ時代になり、みんな下ばかりを見ているためか、私への視線は減ったように思います。少し不思議な感覚です」

今、自分の顔を受け入れていますか？と、僕が尋ねると、中島さんは少し考え込んだのち、心情を吐露しました。

「受け入れることはできていません。顔のコンプレックスは棺おけまでもっていくのだろうと思います。今も鏡で顔をまじまじと見ることはありません。朝、寝癖を直すときも髪の毛しか見ません。

顔については『あきらめている』という表現がしっくりきます。『あきらめることは悪いことだ』という風潮があると思いますが、あきらめることで楽になれることもあると私は考えています。

私は自分の顔は、『のっぺらぼう』なんだと思い込むようにしています。私の顔には、目も鼻も口も何もないんです。顔がなければ、顔で悩む必要もありませんから。

ただ、顔をあきらめている代わりに、服装には気を遣っています。体全体を着飾ることで、顔だけに人々の意識が向かわないようにしています。

この顔ですので、相手の第一印象はよくないかもしれません。マイナスから始まる人間関係を挽回《ばんかい》しなければいけない。だから、言葉使いには気をつけますし、相手を不快にする発言は慎重に、避けるようにしています」

## 自分の顔を忘れられる瞬間

転機はマラソンとの出会いでした。

「2006年にテレビでホノルルマラソンの特集番組を見て、『私も出たい』と思い立ちました。それまで本格的な運動経験もなかったのですが、思い切って参加しました。しんどかったですが、42・195キロを6時間10分かけて完走しました。走っている間は、走ること以外のことを考える余裕もなく、顔にも意識がいきませんでした。

翌年は練習してから出場し、足を引きずりながらも4時間40分で完走しました。沿道の応援に手をふって応えることができました。それ以来、マラソンに魅了されました。週に3〜4度走っています。ホノルルマラソンにも毎年参加しています。フルマラソンのベストタイムは30代のときに記録した2時間56分です。最近は故障しがちですが、また3時間を切れるよう練習しています。

大きなマラソンレースに出れば、何万人のランナーに紛れ込みます。自分に集中し、淡々と走ることができる。走ることで肉体的な疲れはもちろん、悩みもリセットされます。ここにはまったのかもしれません。

大会で、私と同じリンパ管腫の患者さんに会えたらなとの思いがあります。趣味も悩みも共有できると思うので。もし大会で見かけたら、声をかけてみたいですね」

社会に望むことを尋ねると、中島さんは「ジロジロ見ないでほしいです」と言います。「ジロジロ見ないでほしい、それに尽きます。『見た目より中身が大事』と言われますが、外見で人を判断する人が多い現実は、私も受け入れています。それが普通ですから。ただ、私のように、外見を重視する世の中の流れには乗っかれない、生きづらく感じている人がいることは知ってほしいです。

当事者の声を届けることで、少しでも差別が減ればと思い、こうしてメディアの取材も受けていますが、本当は目立ちたくありません。写真を撮られるときも、自分が映っていいのかなとも思ってしまいます。

顔が普通であれば、私は何の特技もない、どこにでもいる市民ランナーに過ぎません。没個性で、もっと地味に、視線も気にせずに、世間に埋もれて生きていけたらいいなと思うこともあります。

人生は一度きり、もう顔の病気を気にせず、なかったことにして生きたい。心も顔も、まっさらな『のっぺらぼう』となり、自分がやりたいことにアンテナを向けて人生を楽しみたいです」

＊

## 白い私は「普通ではない存在」？

「生きづらさの海に溺《おぼ》れてしまいそうだよ」

２０１９年2月、Ｔｗｉｔｔｅｒに、こんなつぶやきを投稿した女性がいます。横浜市在住の神原《かんばら》由佳さん。オシャレが好きで、おしゃべりな25歳です。彼女は、アルビノ。生まれつきメラニン色素をつくる機能が損なわれている遺伝子疾患で、髪や肌が白いのが特徴です。1万～2万人に一人とされ、弱視を伴う人もいます。

神原さんはアルビノを理由にいじめられた経験はないと言います。ただ、「普通ではない外見」に割り切れない思いを抱いています。

「私が生まれたとき、両親はさほど驚かなかったそうです。そんな両親に、私は『普通の子』として愛されて育てられました。『かわいい』との言葉もかけてくれました。

でも、一歩外に出れば、髪の毛が白い私は『普通ではない存在』として見られます。外国人と間違えられることもあります。

だから『かわいい』という両親の言葉を素直に受け止められません。むしろ重荷でした。普通ではない容姿を、自分自身がかわいいとは思えなかったので。両親がいくら『普通の子』として育てようとしても、私は期待に応えることはできません。普通に生まれなくてゴメンねという罪悪感さえあります。

周りの人たちとの間に見えない壁を感じてしまいます。学生時代、外見の悩みを友人に相談すると、『おれは、神原がアルビノであることを気にしていない』と言われました。フォローしてくれていることはわかりました。でも、そう言われると、自分の悩みを過小評価された気持ちになってしまいます」

## 自分が「何者か」がわからない

人とは違うと強烈に意識したのは、小学生のときでした。

「低学年のときです。自分の顔をクレヨンで描く授業でした。色を塗るとき、手が止まりました。髪も肌も瞳も、私の色がないんです。時間がなくなるなか、焦りながら色を混ぜ、なんとか絵を完成させました。クラス全員分の絵が、教室に掲示されました。黒髪の似顔絵が並ぶ中、私の絵だけ目立っていました。外見の違いを強く意識させられた、忘れられない体験です。

人と違うことを感じつつも、学校は大好きで、楽しく通いました。誰も私の見た目についてとやかく言う人はいませんでした」

高学年のとき、「とうとう普通でない認定を他者にされてしまった」と神原さんは振り返ります。

「ある日、廊下で呼び止められました。振り向くと、下級生の男の子。彼は言いました。『お姉ちゃんは、どうして白いの？』。これは、私が一番言われたくない言葉でした。『生まれつきだよ』とだけ答え、逃げるように保健室まで走り、泣きました。男の子が純粋な好奇心から言っていることもわかっただけに、余計に苦しく感じました。やっぱり、周りからは、そう見えるよなって」

モヤモヤした思いを、神原さんは作文の授業で、こうつづりました。「どうして、みん

なと同じじゃないといけないんですか」。みんなと同じ黒髪でありたいと、ひそかに願う自分自身への問いかけでもありました。

「作文を、市のスピーチコンテストで発表することになりました。両親も見に来てくれました。両親に向けた『生きづらさ』の表明です。結果は予選敗退。そのとき、両親は『頑張ったね。残念だったね』と声をかけてくれました。ただ、作文の内容についての感想はなく、この生きづらさは両親の前で話題にしてはいけないのかなと感じました」

中高生になると、ますます外見が気になり、違和感は強まるばかり。神原さんはアルビノであることを、うまくいかないことの理由にしていました。

「上下関係の厳しい吹奏楽部に入りました。先輩に怒られると、被害妄想でしょうけど、当時は『私がアルビノだからかな』と思っていました。心が不安定で。自分が何者かがわからなくなっていました。

悩みを過小評価する自分もいました。世の中には、もっと大きな病気や障害を抱えている人がいます。それと比べたら、アルビノであることをつらいと思うのは間違っている。しかも私自身にはいじめられた経験もない。悩みに値しないと考えていました」

手に職をつけようと、神原さんは福祉系の大学に進学。自分の抱える違和感の正体を知りたいと、外見に症状がある人たちの手記を読みあさりました。

「学校や就職での差別体験がつづられていました。でも、大きな差別を受けていない私はそうした体験を共有できずに戸惑いました。

手記を読み進めていくと、親の育て方が当事者に大きな影響を与えていることに気づきました。私も両親との関係に悩んでいたので、当事者と親の関係に関心を持ちました。大学院に進み、10人を超える当事者の親にインタビューしました。

インタビューの最中、『神原さんの親はどうだったの?』と尋ねられてもうまく答えられませんでした。両親と病気について話し合ったことがほとんどなかったので。触れてはいけないとさえ思っていました。アルビノについて両親に聞いたり、アルビノであることへの違和感を伝えたりすれば、これまで築き上げてきた親子関係が崩れてしまうのではないかと怖かったので。

それでも研究を理由にして、両親から話を聞きました。両親はアルビノの話題をタブー視しているわけでなく、娘がアルビノであることを受け入れ、特に気にしていないことがわかりました。そして、何か問題が生じたらサポートしようと考えていてくれました。とてもうれしかったと同時に、拍子抜けしました」

## アルビノとして生きる覚悟

当事者の親にインタビューするうちに、神原さんは結婚・出産についての考え方も変わっていきました。

「それまで、『私は子どもを生んではいけない。だから結婚もしない』と考えていました。私が出産すれば、子どもにアルビノが遺伝する可能性があります。子どもに『遺伝する可能性があるとわかっていたのに、なぜ生んだの？』と責められたくありませんでした。でも、インタビューした親はみな、明るく幸せそうでした。今は結婚や出産も、人生の選択肢となっています」

神原さんは現在、社会福祉士として働いています。

「仕事のかたわら、外見に症状がある人をはじめ、ＬＧＢＴなど性的少数者といった様々なマイノリティーの人たちとかかわっていきたい。そういう人たちが少しでも生きやすい

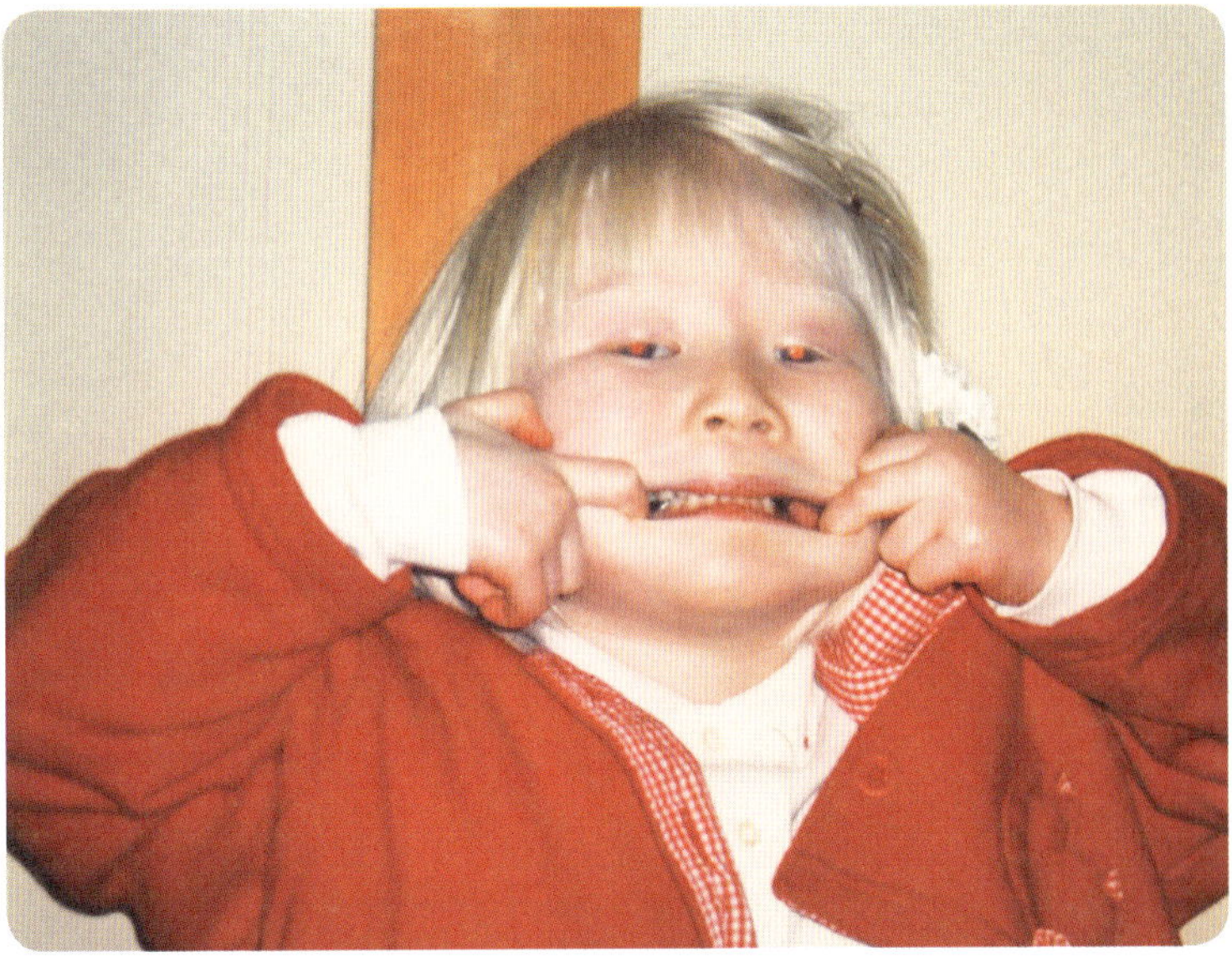

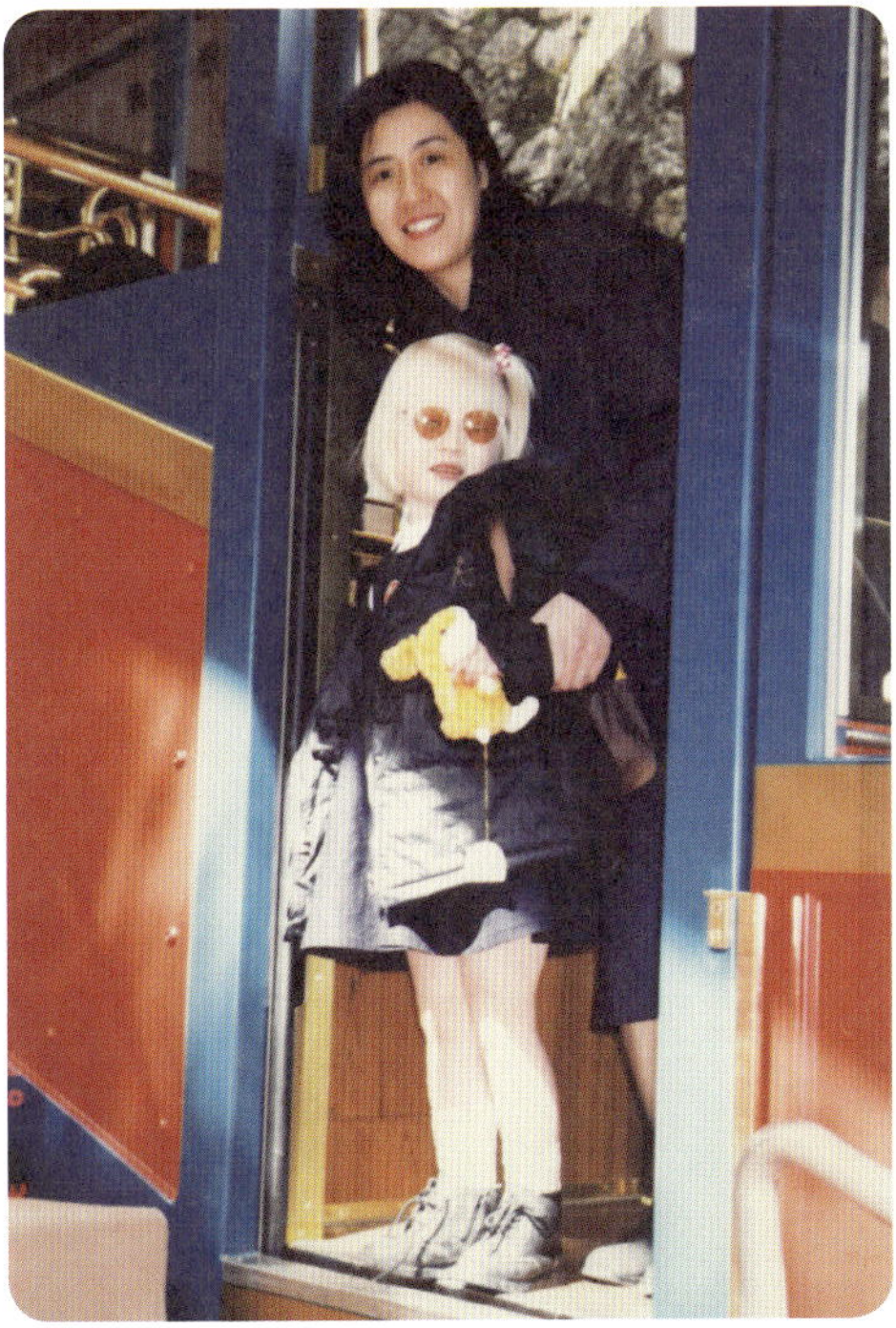

左・幼少期に、母親と

社会になるよう、私にできることはないかと考えています」

自分が感じる生きづらさを解消するには、自分がアルビノとして生きていく覚悟が問われていると神原さんは感じています。

「今は、自分の悩みを肯定しようと考えています。つらいと感じたらその気持ちを大切にしたい。他人と比較して自分の悩みは小さなものだと、否定しない。

私の生きづらさの根っこには、アルビノがあります。今は、アルビノで生きていくのはしょうがないと考えています。自分で選ぶことも、変えることもできませんから。それでも、『どうして自分はアルビノなのだろう』と思ってしまうときもあります。振り子のように、私の気持ちは揺れ続けています。まだまだ覚悟が足りないのかもしれません。

両親といま一度、しっかりと向き合いたい。修士論文のインタビューでは、両親が私のことをどう思っていたのかを尋ねました。けれど、私の思いは伝えていません。生きづらさを和らげるためには、『私はアルビノであることに生きづらさを感じてきた』という正直な気持ちを両親に伝えることが必要だと考えています。ひょっとして、両親に共感してほしいのかもしれません」

＊

## 毛がない体とともに、どう生きるか

外見に表れた症状を隠せる病気もあります。円形脱毛症も、その一つ。免疫の異常で毛髪の組織が攻撃される自己免疫疾患です。頭髪が硬貨大の丸い形で抜け、自然に治るイメージがありますが、全身の体毛が抜けてしまう人もいます。ただ、かつらをかぶって化粧で眉を描けば、外見は普通の人と変わりません。

東京都内に暮らす吉村さやかさんにも髪の毛がありません。33歳の吉村さんは「毛がない体とともに、どう生きるか」を考え続け、25年間かぶったかつらを脱ぐ道を選びました。

かつらで症状を隠せれば、問題がないわけではないと言います。

「かつらをかぶれば、確かに外見の問題はなくなります。でも、ばれないために努力し続けなければなりません。

日常の中で、すごく気を遣います。かつらがずれないように内側の両面テープをトイレで貼り替えることもあれば、強い風にあたったときには頭を押さえる必要があります。蒸れてかゆくなるし、温泉やプールは行きづらい。中には、パートナーとベッドに入るときでさえ、かつらがずれないか気にする人もいます。

ばれないように対処し続けると、生活が窮屈になります。そうすると、人とかかわりたくない、一人でいるのが一番楽という気持ちになってしまいます。隠していることに負い目を感じる人もいます。私の場合、かつらをかぶった自分は、『本当の自分ではない』という思いがありました」

吉村さんは小学1年生のとき、髪の毛が抜け始めました。

「髪を結ってくれていた母親が気づきました。朝になると、枕に髪の毛が落ちています。母親は泣きました。隠すために、黒い粉をかけてくれました。それでも隠せなくなり、かつらをかぶるように。病院での治療だけでなく、民間療法も試みました。でも効果はなく1年ほどで全身の体毛が抜けてしまいました。私は自分のシルエットを見て、宇宙人みたいだなって思いました。

自宅ではかつらを外しました。窓に人影が映ったとき、母親がカーテンをさっと閉めたのを覚えています。髪の毛がないことは、他人に知られてはいけないものだと学びました。自宅ではタオルを巻いて過ごしていました。かつらをかぶらない限り、鏡を見ませんでした。かつらさえかぶれば、私は普通の女の子です。髪の毛がない現実を忘れようとしました。

学校では、髪の毛がないことをばれないように努力しました。水泳の時間は、誰よりも

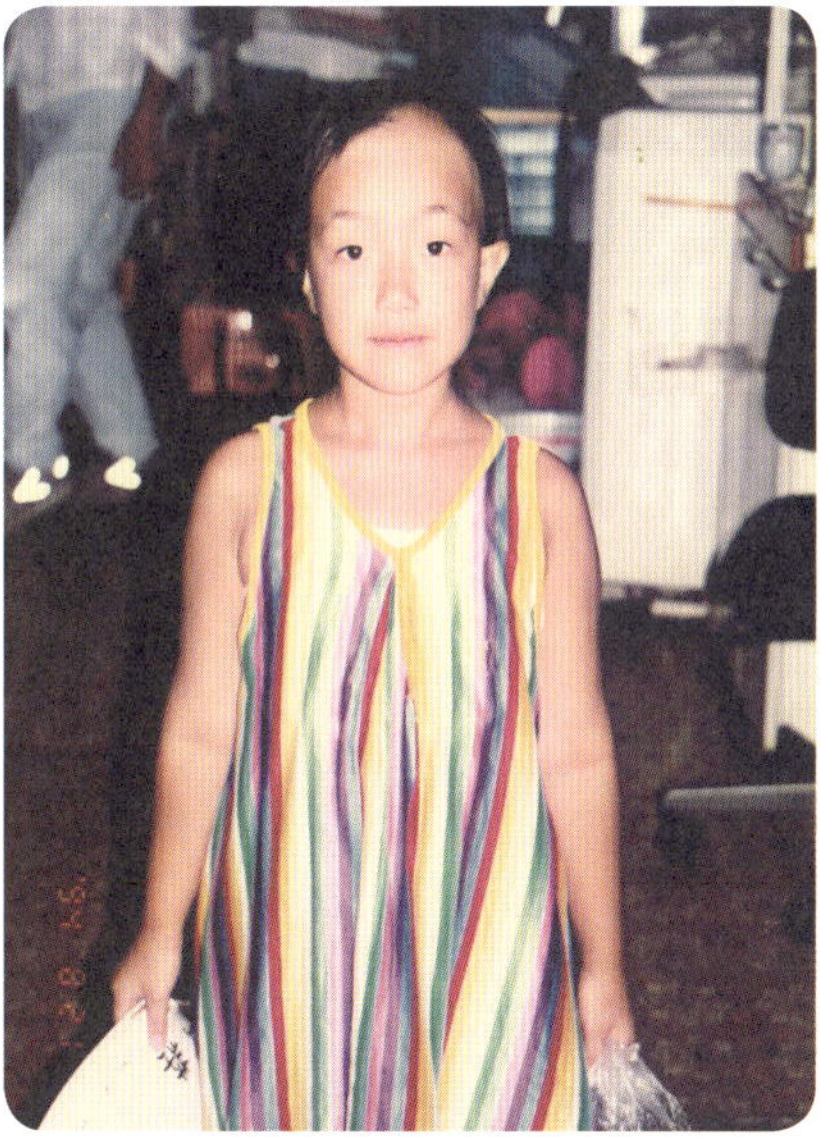

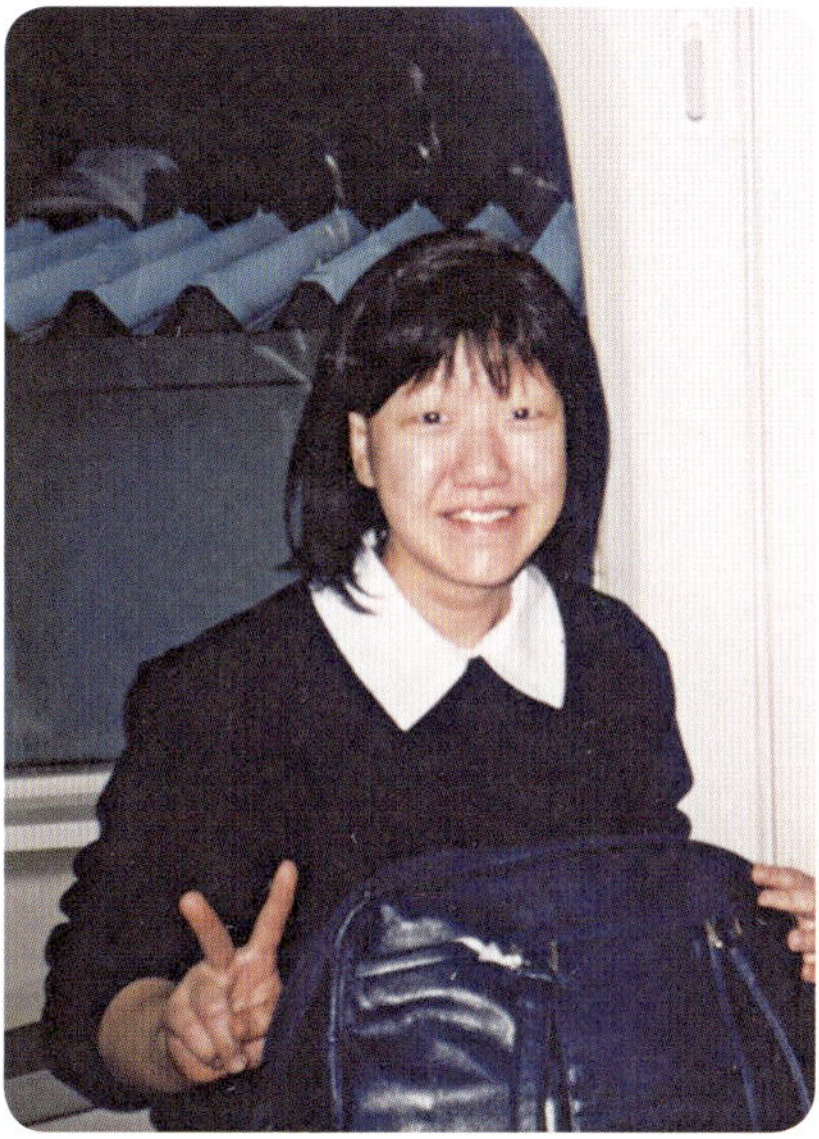

上・9歳ごろ、治療の効果で一時的に髪の毛が生えてきた

早く更衣室に行き、ぬれてもよい古いかつらに替え、水泳キャップを深くかぶりました。授業後も、急いで更衣室に行って元のかつらに替え、プールから出たばかりに見せかけるため、わざと水道水でかつらを濡らしたこともあります。

髪の毛の長い母親を美しい女性だと思っていました。少女漫画やアニメを見ても、髪の毛の長いキャラクターにひかれました。私にとって理想的な女性だったのでしょう。でも私には髪の毛がありません」

## 女性にとっての髪の毛って？

かつらをかぶり、普通の子として学校に通う一方で、吉村さんは言いようのない「違和感」をずっと抱えていました。

「モヤモヤしていました。10代の思春期のときは、両親にモノを投げたり、暴言を吐いたり。両親からは『言葉にしないとわからない』と言われましたが、私にはこのいらだちの正体を言葉にする力がありませんでした。

ただ、この違和感は髪の毛がないことから来ていると感じていました。女性にとって髪の毛とは何なのかがわかれば、きっと生きづらさが解消される。そう考えました」

大学では、女性の髪について研究しました。ただ、調べれば調べるほど、「髪は女のいのち」との結論に達しました。

「時代を超え、国を超え、女性にとって髪は大切なものでした。女性から髪を奪うことは時に『罰』でさえあります。論文を書きながら、髪の毛のない私は、どんどん苦しくなり、それを隠すことはやっぱり『正しい』ことだという思いに至ったのです。

当時の私は、ファッションウィッグ（おしゃれ用かつら）をかぶり、ブランドものの洋服やバッグ、靴を身に着けていました。母と同じような美しい女性になりたかったからです。装うことによって、他人も評価してくれたので心地よいものでした」

大学院に進学。指導教官に「どうして女性の髪にそんなにこだわるのか」と尋ねられました。

「髪の毛がないことを伝えると、『それって脱毛症でしょう？』と言われました。私は、病気なんだと驚きました。それほど、髪の毛がない現実と向き合わず、理由についても知ろうとしていませんでした。

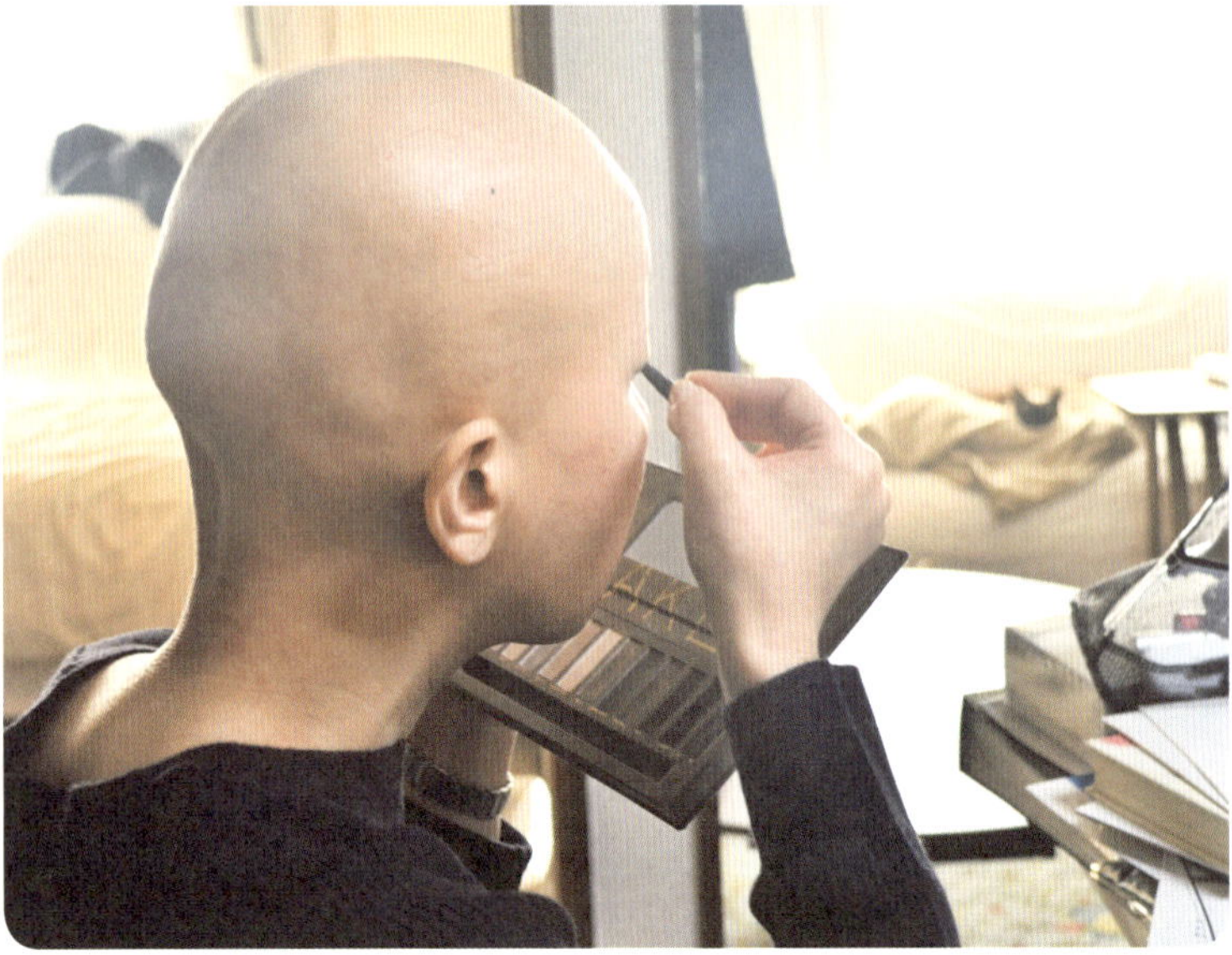

私は『脱毛症』とネットで検索。患者会にたどり着き、当事者にインタビューを申し込みました。聞き取りを重ねると、違和感を持っているのは、私だけではないことがわかりました。一方で、髪の毛がないことは『たいした問題ではない』と考える当事者も多かったのです。本人たちがたいした問題ではないと思っているのに、なぜ生きづらさを感じるのか、わかりませんでした」

転機は、アルビノの矢吹康夫さんとの出会い。矢吹さんはアルビノと社会の関係を、障害学の視点で研究していました。

「それまで、私の生きづらさの原因は私に髪の毛がないことだと考えていました。つまり、

問題は自分自身にあると思い込んでいたのです。でも、障害学の視点から考えると、脱毛症の女性の生きづらさの原因は、髪の毛がないことそのものではなく、女性に髪の毛がないことをタブー視し、隠すべきだと求める社会の側にあることを知りました。

ある当事者は、私のインタビューで『女性にも禿《は》げる権利がほしい』と語りました。女性に髪の毛がないと周りからびっくりされやすく、『がん患者』のほか、『パンク好き』『あやしい宗教』と誤解されることもあります。

テレビをつければ『きれいな、つややかな髪に』とのCMが大量に流され、薬局に行けばシャンプーやトリートメントが大量に置かれ、ポスターが貼られています。喫茶店では、隣の女性たちが『どこどこのシャンプーがよくってさー』と会話しています。日常の様々な場面で、『女性にはきれいな髪の毛があるべきだ』というメッセージを浴び、髪のない女性は生きづらさを感じています。

私の感じるしんどさの原因が、髪がない私の側にあるのではなく、社会の側にあると考えられるようになり、少し気持ちが楽になりました」

## かつらをかぶらなくなった理由

２０１６年、矢吹さんと結婚。結婚式ではかつらを外し、披露宴ではかつらをかぶりました。

「どちらでもいいんだと伝えたかったからです。かつらをかぶるかどうか、当事者が場面に応じて、自由に選択できることが重要だと思っています」

その後、吉村さんはかつらをかぶらないで生活するようになりました。現在は大学院で、髪の毛を失った女性たちの生きづらさについて、社会学の視点から研究を続けています。

「髪の毛がないことは、もう私にとって何でもないこと。それならば、隠し続ける面倒くささから解放されることを優先しました。自分にとって大きな成長です。

かつらを脱ぐと、ジロジロ見られるという問題が生じます。私は変わっても、社会は『女性に髪の毛があるのは当たり前』と思っているわけですから。今でも、電車の中で美容の広告で『全身脱毛』という単語を見ると、ドキッとします。

それでも私はかつらを使わずに生活したい。髪を失った女性の家族や親しい人たちも『彼女を守るためにはかつらが必要だ』と考えがちです。それは『女性は髪の毛がないことを隠すべきだ』という社会からの要請が強いから。

でも、かつらを使わない脱毛症の女性が増えていったら、『髪のない女性もいるよね』という受け止め方が社会の側に広がっていくかもしれません。そうすれば身近な人たちの考え方も変わり、髪のない女性がより生きやすくなるのではないかと思います」

取材の最後、吉村さんは「少し見ていて下さいね」と、僕の前で化粧を落とし、素顔の姿を見せてくれました。

「岩井さん、これが本当の『吉村さやか』の姿です。この『吉村さやか』でいられる場所を一つでも多く確保していきたいと考えています」

〈取材を終えて〉

自己啓発書を読むと、よく「そのままの自分を受け入れることが大事だ」と書かれています。僕も外見に症状がある人に話を聞くとき、「受け入れていますか？」との質問を投げかけています。「はい」と明確に答える人は、ほとんどいません。顔は、その人を最も象徴するものです。本人がいくら受け入れようとしても、他者からの視線が降り注がれます。そのたびに、心がざわつけば、簡単には受け入れることはできないでしょう。

中島さんは左顔が大きく膨れあがった顔について「あきらめている」と言います。あきらめることで、心が楽になれるからです。中島さんの考え方に、「あきらめることは悪いこと」という僕の価値観は揺さぶられました。自分の力が及ばない事実に気を揉むのではなく、自分の努力が身を結ぶ課題に集中する姿勢は、参考になります。

女性に髪がないことを問題視し「隠すべきだ」と求める社会の中で、脱毛症の女性の生きづらさが生じていると、吉村さんは指摘します。そんな価値観にあらがい、吉村さんはかつらをかぶらない決断をしました。

吉村さんの話を聞きながら、僕が長男の将来を不安に感じている理由がはっきりとわかりました。「笑顔が大事だ」という誰もが信じる価値観の中で、長男が生きていかねばならないからです。

日常の中で、長男は人々の何げない言動から、その価値観と何度も遭遇することになるでしょう。たとえば、記念撮影。カメラマンは「はい、笑って」と言います。笑顔を大切なコミュニケーションツールとする考え方は、私たちに深くしみこんでおり、変わることはないかもしれません。その中で、長男がどのような対処法を見いだすことができるのかが、問われてくると思います。

取材の最中、吉村さんが僕の言動を不快に感じた場面がありました。吉村さんが「『ヅラ』や『ハゲ』をネタにする芸人のお笑いを見ても、私の家族はまったく笑うことができませんでした」と語っている際、僕がクスッと笑ったためです。

吉村さんからは「岩井さんの笑いは、私に共感を示す笑いだったかもしれません。でも私は不快に感じました。当事者は取材者をよく見ていますよ」とたしなめられました。

私は吉村さんを嘲笑したつもりはありませんでした。しかし、いくら悪気がなくても、私の言動が当事者を傷つけることがあります。数多くの当事者を取材するうちに、甘えが生じていたのかもしれません。取材者として自覚が足りなかったと、深く反省しました。

第2章

# 学校生活という試練

## どんな学校生活を送るのか？

僕の長男は今、小学3年生です。心配なのが、学校で顔のことでいじめられないかということです。長男によると、「その顔、どうしたの？」と友だちに聞かれるそうです。そのたびに長男は「生まれつき筋肉がないんだよ」と答えているとのこと。尋ねた子も、その説明で納得しているそうです。学校に楽しそうに通っている長男の姿を見て、僕は胸をなで下ろしています。

とはいえ、楽観はしていません。今、長男に投げかけられる「その顔、どうしたの？」は、単純な子どもたちの疑問にとどまっています。しかし、周りとの違いに敏感となる年ごろになったとき、子どもたちの純粋な疑問は悪意に変わり、「変な顔だな」との言葉がかけられる恐れもあると思っています。普通とは違う外見の子は、いじめの格好のターゲットになるリスクを背負っているとも言えるでしょう。

見た目に疾患のある人たちは、どのような学校生活を送ってきたのでしょうか。そして困難にぶち当たったとき、どのように対処し、乗り越えたのでしょうか。

*

## 同級生の心ない言葉

必要な地獄だった――。

学校生活をそう振り返る男性がいます。千葉県の三橋雅史《まさふみ》さん、37歳。左顔のほおから目、おでこ周辺にかけ、赤アザがあります。単純性血管腫と呼ばれる疾患で、小学校時代にレーザー手術を3度受けましたが、アザが消えることはありませんでした。

アザが、三橋さんの人生に重くのしかかってきました。

「嫌な思いをした最初の記憶は、幼稚園のときです。近所の公園で遊んでいたら、おじさんから『その顔はなんだ？　女の子にビンタされて消えないのか』と笑われました。

小学校では、見た目をバカにするようなあだ名をつけられました。お岩さん、バケモノ、理科室の人形……。様々なあだ名で、からかわれました」

教師の言動にも深く傷つきました。

「小学校低学年のときです。歌の練習中、『真っ赤なほっぺたの君と僕』という歌詞を繰り返し、繰り返し歌わされました。ニヤついた表情で私を見る女性教師の顔を今でも覚えています。

男性の体罰教師もいました。クラスで問題が起きると、まず私を呼び出し、ビンタしました。そして、彼は言いました。『みんなには未来があるけど、おまえは、さ……』と。『さ……』の後は何も言わないのですが、このアザのせいで、私には将来がないんだとすり込まれました。

もちろん、これらは子どものころの記憶です。ひょっとしたら、教師たちの言動に深い意図はなかったかもしれない。でも、私としては教師たちから悪意を感じとっていました」

中学時代には三橋さんに対し、笑ったり、オエッと吐くマネをしたりする同級生がいました。

「すれ違いざま、『おまえみたいな顔のやつは自殺するでしょ、普通』と言われました。

思春期に、こんなことを言われたら精神的につぶれてしまいますよね。自分を保つために、心の中で悪口を言った相手に対し、『うるせぇ、殺してやる』と反発していました。一方で、『確かに、こういう症状がある人は自殺するかもしれないな。それが正しいかもしれないな』と思う自分もいました。

心の支えは部活でした。卓球部の強豪校のレギュラーで、勉強の成績も悪くはなかったので、『おれはやることはやっている』という自負がありました」

しかし、三橋さんの心は、高校生で折れてしまいます。

「高校では私に悪口を言う人はいなくなりました。でも友だちができず、3年間、ほとんど誰とも口をききませんでした。休み時間になると、机に顔を突っ伏してやり過ごしました。クラスで、私は透明な存在。誰も私とかかわろうとしない。『アザのある私と、誰も接したくないだろう。こんな自分は死んだほうがいい。いないほうが世のためなんだ。でも死ぬ勇気がない。死なない自分が悪いんだ』。そんなマイナス思考に陥っていました。

楽しい思い出は一つもありません。修学旅行も沖縄に行ったと思うんですが……。誰と、どこに行ったのか、記憶がありません。

当時の私は『自分から話しかけるのが大事だ』とかアドバイスされても、『そんなことできるわけがない』と反発したと思います。それほど、つらい体験を積み重ねてきたので」

## どん底まで落ちてみる

精神的に追い込まれていた三橋さんは、大学に進学するもほとんど通学することなく、1年で退学。その後、半年ほど家に引きこもりました。

「部屋で座りながら、ひたすら一点を見つめ、何も考えることなく過ごしていました。自分が自分でないような感覚に陥っていました。家族との会話もありません。真夜中に台所に行って家族が準備した食事を食べ、また部屋にこもる昼夜逆転の生活でした。

将来への不安も募っていきました。自分のように顔にアザがあったら就職もできないし、いずれはホームレスになってしまうだろうと」

どん底まで落ちたとき、「死んでもいいと本当に思っているなら、頑張ることだってできるんじゃないか」との思いが三橋さんに芽生えました。まずはお金を稼ぐために、新聞配達のアルバイトを始めました。毎日の配達で体力がつき、給料が入ると「何か買おう」

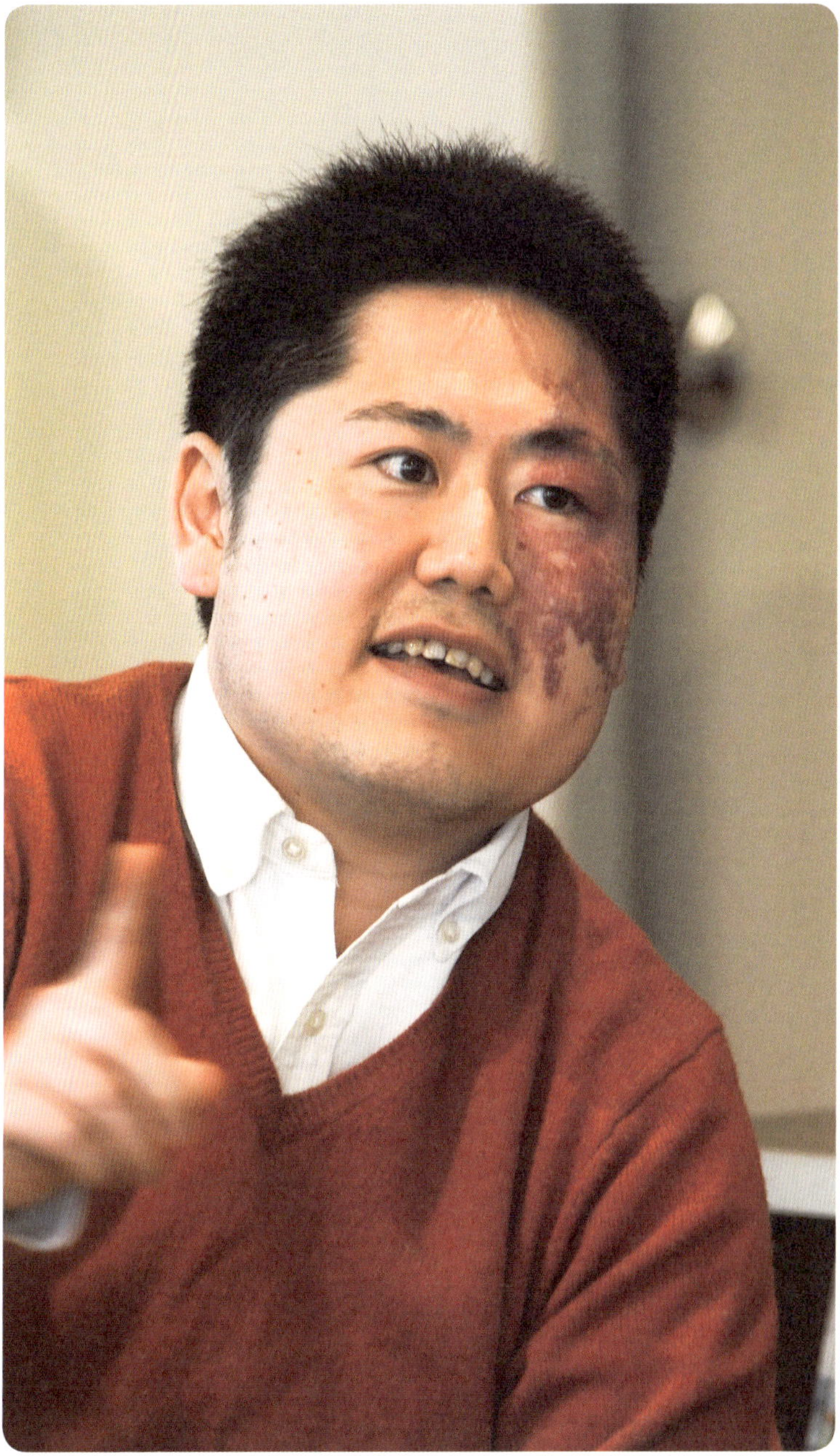

と外に出る時間が増えていきました。少しずつ気持ちも前向きになる中で、自転車に乗って各地を回るテレビ番組を見て、「やってみよう」と思い立ちました。

「自転車で自宅のある千葉から沖縄に向け、出発しました。景色をながめながら自転車を前に進めました。お金はなかったので、公園などで寝ました。

3カ月かけ、沖縄に着きました。自分で決めたことを、自分でやり通した！という達成感が心の底からわき起こりました。自分なりの成功体験です」

自転車の旅を通し、三橋さんは「自分は人と話したくないわけじゃなかったんだ」と気づきます。

「旅の途中、『どこから来たの？』『どこへ行くの？』と声をかけられました。中には、『そのアザどうしたの？』って聞いてくる人も。話しかけられても、うまく答えられないときもありましたが、少しずつ会話ができるようになっていきました。

そうした経験を通し、人と交流することへの考え方が変わりました。旅をする前は、自分は『人と話したくない』と思っていました。でも本当は、『人と話したい人間なんだ』と思いました。ただ、他人と前向きにつながる機会が少なくて、コミュニケーション能力が育っていないだけでした」

## 自分の問題ではなく、相手の問題

自宅に戻り、三橋さんはもう一度大学に進学することを決意し、予備校に通います。そして23歳のとき、早稲田大学に入学。福祉の仕事をしたいとの思いがあり、ボランティアサークルに入りました。周りは年下ばかり。そんなサークルの仲間との触れ合いが、三橋さんを変えていきます。

「大学に入学し、それほど月日がたってない頃です。スクールバスから降りて歩いていると、同じサークルの女の子が笑顔で走ってきて、『おはよう』と声をかけてくれました。私はパニックになりました。『こんな私に積極的にかかわろうとしてくれる人がいるなんて……』と。今までの価値観がガラガラと崩れていくのを感じました。

サークルのメンバーたちは、彼女と同じように親しく接してくれました。自分は『おはよう』と言われるのに値する人間なんだと肯定できるようになりました。仲間から認められる体験を少しずつ積み上げていくことで、人と接する自信がついてきました」

人と触れ合うことに少しずつ慣れてきた三橋さん。話すときには、人なつっこい笑顔を絶やさなくなりました。いつしかコミュニケーションについて、一つの考え方にたどり着きます。

「初対面のとき、顔のアザが相手に違和感を与えるのは仕方ないと考えています。話しかけづらいと思う人もいるでしょう。でも、私はこの顔を変えることはできません。私の人間関係は、マイナスから始まるとも言えます。

その分、どうするか。行動や会話で印象を変えることはできます。話しやすい人だなと思ってもらえれば、ありがたい。それでも私への評価がマイナスのまま変わらない人がいるなら、仕方ないです。それはもう相手の問題。私が悪いわけではありません」

大学卒業後、三橋さんは福祉用具メーカーに就職。今は公務員に転職し、福祉の仕事に携わっています。

「就職活動で、アザが問題になることはほとんどありませんでした。過去に苦しい体験をしてきた分、人の気持ちもわかるので福祉は自分を生かすことができる仕事だと思っています」

## 学校が「必要な地獄」だった理由

初対面の人と会うと、大半の人が顔のアザを気にしているのが伝わると言います。「私は『そのアザ、どうしたんですか』と聞かれたほうが楽です。タブー視されているほうが嫌です。ただ、あくまで私の場合です。私にとって、もはやアザは自分の一部でしかなく、アザのある自分を受け入れています。でも受容できていない人にアザについて聞く

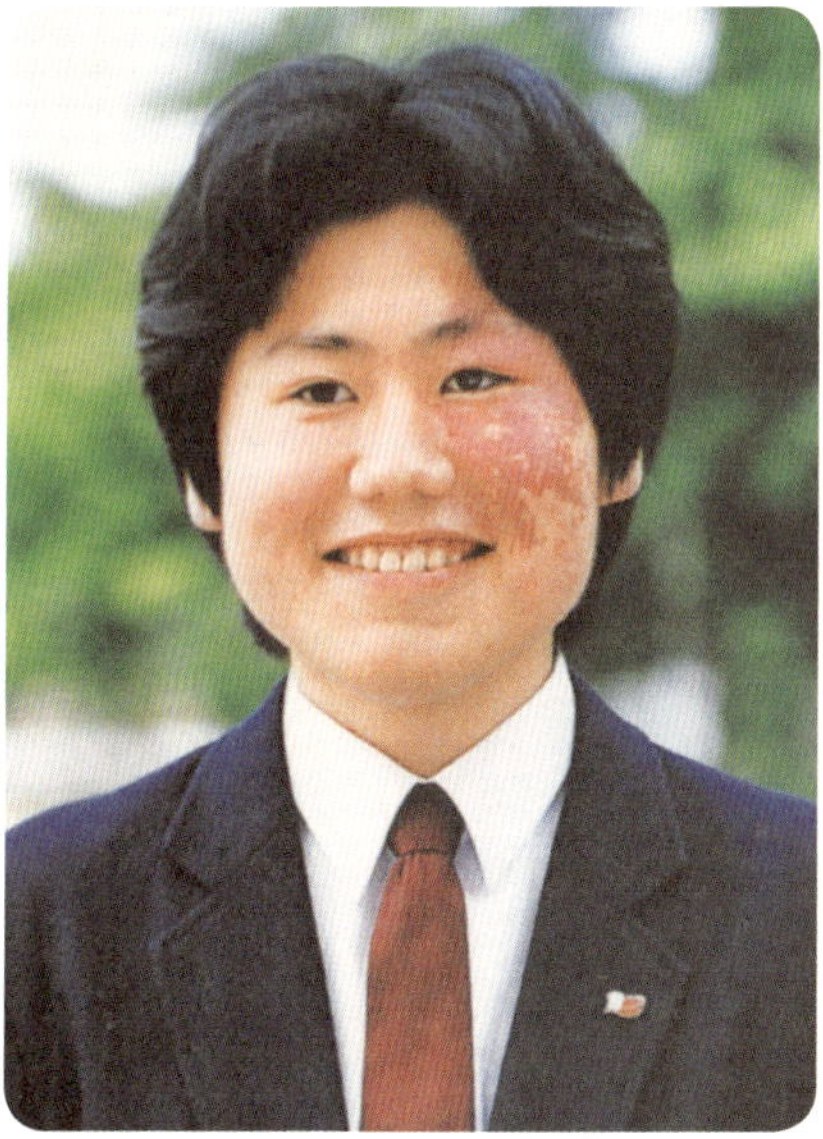

上・学校生活で苦労した三橋さん
下・交流会で自らの体験を話す

ことは、攻撃になってしまうかもしれません。

どうすれば、当事者が自らの外見を受容できるかはとても難しい問題です。女性の場合は、メイクでアザを隠している人が多い。そのほうが恋人や友だちができる可能性が高まるなら否定できません。

ただ、アザのある子を持つ親には、家の中で症状について、タブー視はしてほしくないと思っています。タブー視されると、子ども自身も話題にしてはいけないと考えるようになるし、他人から指摘されることを極端に恐れるようになってしまう。その恐怖心があると、人生しんどくなりますから」


絶望のふちにいた過去の自分に対し、三橋さんは「なんとかなる。つらいことから逃げてもいいよ」と言葉をかけたいと言います。そして苦しかった学生時代を「必要な地獄」だったと語ります。

「10代や20代前半のとき、今の姿を想像できませんでした。ここまで来られたのは、奇跡とさえ思っています。決して自分の力で切り開いたとは思っていません。本当に、ここまで流れ着いたという感じです。そう考えると、すべての経験が無駄にはなっていません。

あの苦悩した経験も、いまの私をつくりあげることにつながったと今では考えています。そういう意味で、学生時代は私にとって『必要な地獄』でした」

＊

## 先生と友人が支えてくれた

今まさに学校に通う当事者は何を思っているのでしょうか。

高橋季之《ひでゆき》くんは、都内に暮らす中学2年生。ほおやあごの骨が未発達な状態で生まれました。トリーチャーコリンズ症候群という先天的な疾患で、小さなあごや垂れ下がった目が特徴です。症状は1万〜2万人に一人とも、5万人に一人とも言われています。

季之くんは中学校では卓球部に入り、友だちにも恵まれていると言います。ただ、顔にはコンプレックスがあります。

「差別を受けやすい顔だなって、自分でも思っています。道で小学生とすれちがうときに

振り向かれることがあります。卓球の試合で、相手チームの一人が笑っていました。僕の顔を見て、笑っているのかなと思いました。

仲のいい友だちに『ブス』とからかわれることもあります。そんなときは、相手のコンプレックスの部分を指摘し、言い返します。見た目について言われることは嫌だけど、これは仲のいい相手とのふざけたやりとりなので、これくらいはいいかなってとらえています」

周りの先生や、友だちが季之くんを支えてくれると言います。

「難聴なので、先生の声が聞きづらいときがあります。水泳の時間は補聴器を外さないといけないので聞こえません。そんなとき、友人が先生の話した内容を僕に耳元で伝えてくれました。先生も『恥ずかしがらずに、聞こえないなら聞こえないと伝えてくれ』と言ってくれています」

患者会に出入りし、自分がトリーチャーコリンズ症候群であることを知りました。

「手術は3回受けました。小学5年生のときには、右耳のかたちをつくりました。もし見た目を改善できる手術があるのであれば、将来、受けてみたいなと考えています」

＊

## 友だちとの見えない壁

子どもは思ったことや感じたことを素直に口にすることがあります。どんなに相手を傷つける言動であっても……。それを、僕も体感する出来事がありました。

それは、トリーチャーコリンズ症候群の石田祐貴《ゆうき》さんと一緒にいたときに起きました。

子どもたちのそばを通りかかると、小学校高学年の女の子がニヤニヤした表情で石田さんを見つめてきました。そして、低学年の男の子が「ぎゃーっ」と叫び、走り去りました。

僕は思わず体が固まりました。「これが当事者に向けられるまなざしなんだ」

石田さんに「大丈夫ですか」と声をかけると、「こんなことは慣れているから大丈夫ですよ」と淡々としていました。ただ、さきほどまで僕に向けていた笑顔は消えていました。その表情はどこか寂しげに映りました。

石田さんは落ち着いた雰囲気のある、物腰の柔らかい26歳の青年です。正直に明かせば、最初に会ったときは戸惑いました。石田さんの顔を直視していいのか、目をそらしたほうがいいのか。どこか罪悪感のような思いが僕の中によぎりました。

石田さんは、ほおやあごの骨が未発達、欠損した状態で生まれ、上唇は裂けていました。耳の穴がないため聴覚障害を併発し、今は頭に埋め込んだ金具に補聴器をつけています。

「物心がついたときから、『自分は普通と違うな』という意識はありました。周りの人からジロジロと見られるので。幼稚園や小学生のころには『宇宙人』『変な顔』と言われて嫌な思いをしたことも多々あります。

耳の形をつくるなどの手術を10回以上は受けてきました。小学1年生から4年生までは、春休みと夏休みのたびに受けました。今後は手術を受けるつもりはありません。劇的な効果があるわけでもありませんし、この顔を受け入れてくれている人もたくさんいますので。ただ、今も鏡を見て、『この顔じゃなかったら……』と思うこともあります。死ぬまで悩み続けるでしょう。でも変えられるものではないので、『割り切ろう』と考えています」

小学生のころは、友だちとの間に見えない壁を感じていました。

「僕の顔に驚いて、避けてしまう子がいました。僕も『何を言われるんだろう』『仲良くしてくれるかな』と毎日が不安でした。耳が聞こえづらいことも要因で、会話に入れず、友だちとの間に壁を感じていました。なんとなく友だちの後ろにいて、聞こえないのに聞こえるふりをしていました。自分に自信がありませんでした。

うれしかったこともあります。外で、知らない子たちが僕の顔をからかってきました。そのとき、友だちが『放っておいて、気にせず遊ぼう』と僕と普通に接してくれました」

## 「魅力的な人間になろう」

中学校にもなじめず、石田さんは学校に登校できなくなりました。「顔について、直接的な言葉でからかわれることは少なくなりました。でも、トイレの洗面所でたまたま一緒になった同級生に、心ないことを言われた覚えはあります。特に言い返すこともなく、気づかないふりをしました。

コミュニケーションが苦手で、友だちがワイワイ楽しくやっている輪に入ることができませんでした。人間関係がうまくいかず、中学2年の終わりから中学3年まで、週に1回ほどしか通学できませんでした」

学校に行かない時間、石田さんは「どうすれば人とうまく接することができるのか」「どうしたら楽しい生活を送れるのか」と、じっくりと考えました。そこで、自分なりの答えを導き出します。

「相手から僕とかかわりたいと思ってもらえるような、魅力的な人間になろうと決めました。内面を磨き、人に優しく、人の話をよく聞く人間になろうと。もう一つは、僕はこの

見た目なので、初対面の人は話しかけにくいと思うんです。だから、自分から積極的に人に話しかけるようにしようと意識しました」

高校は聴覚特別支援学校に進学。卒業後、一般の大学に進学します。

「高校では手話でコミュニケーションをとるようになり、人との壁も感じなくなりました。後輩をサポートすることもあり、自分でも役に立てることがあると自信がつきました。

一般の大学に進学することには不安もありました。そんなとき、先生が『君なら大学に行ける。つらいことから逃げるな』と背中を押してくれました。両親も『ダメだったら退学すればいい』と言ってくれました。進学した以上は頑張らないといけないと思っていただけに、両親の言葉は救いになりました。

大学でも自分から話しかけることを実践しました。僕を避ける人もいましたが、多くの友人ができ、研究にも励みました」

現在は筑波大学大学院で障害について研究しています。石田さんには将来の夢がありま す。

「研究者か学校の先生になりたい。僕だからこそ、子どもたちのためにできることがあると思います。障害がある子に教えるならロールモデル（手本）になれるし、障害のない子には僕の存在自体が社会を考える素材になります。

結婚もしたいです。恋愛なんて縁がないと思い込んでいましたが、高校生のころには彼女ができました。『内面を好き』と言ってもらい、見た目がすべてじゃないと知りました。普通の顔の人よりも恋人ができるハードルは高いでしょうが、無理ではないと思えるようになりました。結婚となれば、相手のご両親の理解も必要です。子どもに遺伝する可能性もあります。遺伝しなくても、僕のせいで子どもがいじめられないか不安もあります」

## 「当たり前の存在として受け入れて」

小学校や中学校の日々を笑って振り返ることはできませんが、忘れられない母親の言葉があります。

「小学生のとき、ひどい言葉を言われてショックを受けたときに、母親に『こんな症状に生んだのが悪いんじゃないか！』と言ってしまいました。そのとき、母親が返してくれた言葉は『あなたがこの状態で生まれてくれてよかったと思っている』でした。そのとき、『そんな顔に生んで、ごめんね』と謝られたら、僕も申し訳ないって思っただろうと思います。

理想論かもしれませんが、僕を当たり前の存在として受け入れてもらいたい。今も僕のことをジロジロ見てきたり、すれ違いざまに『うわっ』という表情でのけぞったりする人もいます。自分としてはつらいときもありますが、相手の立場に立てば、普通の反応かなと受け止めています。だからこそ、僕が人混みの中を歩くだけでも意味があると考えています。『世の中にはこんな人がいるんだ』と知ってもらえる機会になりますから」

そんな理想とする社会を実現するため、小学校などで自らの体験を話すこともたびたびあります。

「僕とコミュニケーションをとることで、子どもたちにトリーチャーコリンズ症候群について知ってもらえます。僕の話したことが、子どもたちが生きていく上で何かしらのヒントになってくれたらなと考えています」

幸せですか？　石田さんにこんな質問を投げかけました。

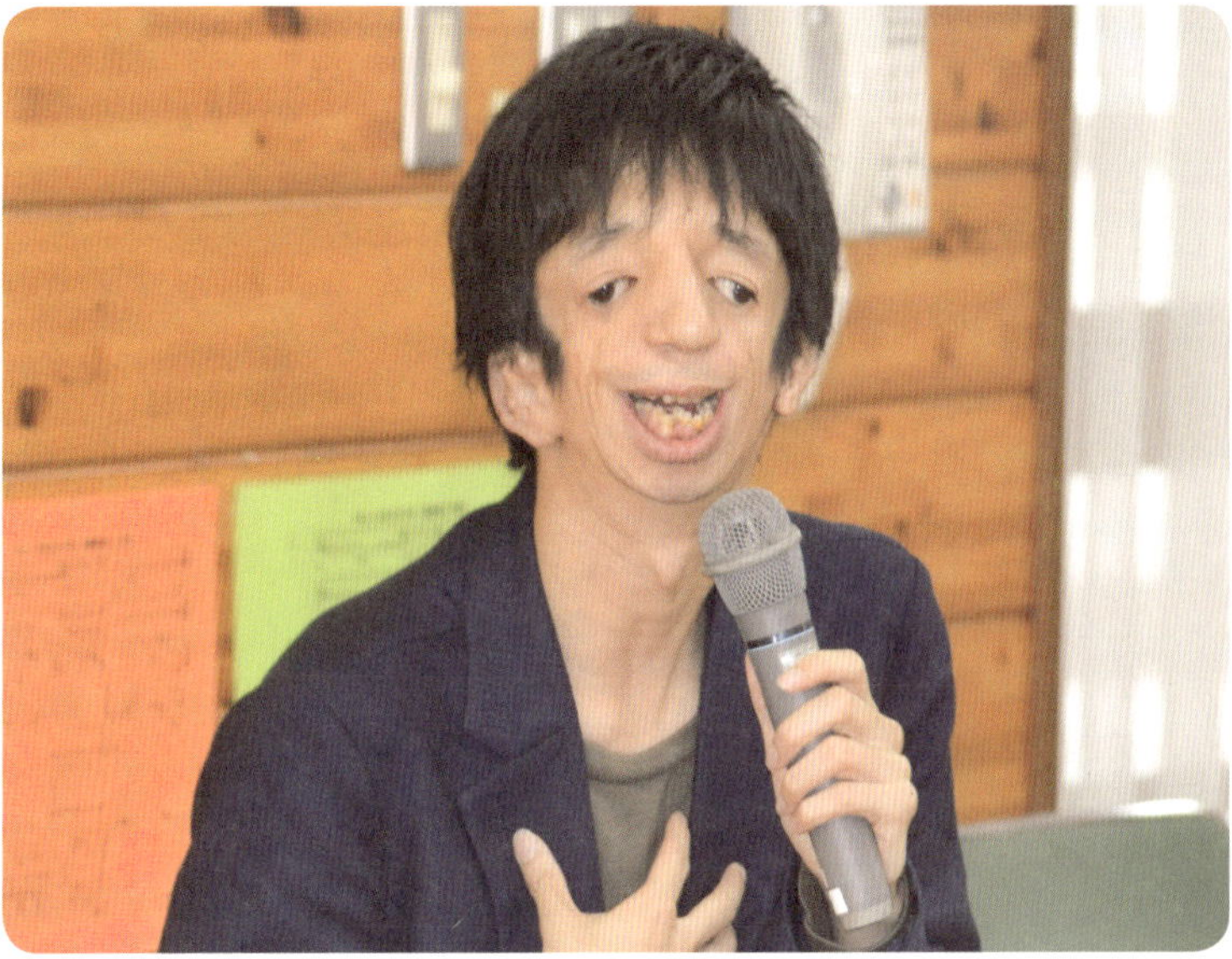

「今は友だちと普通に笑って、話すことに幸せを感じています。子どものころ、そういった経験や時間が少なかった分、とても大切な時間に感じます。

もしかしたら、心の奥底ではまだ、自分を完全に受け入れていないのかもしれません。それでも僕は今、幸せです。幸せと言いたい。この見た目を言い訳にしたくない。支えてくれた人たちのためにも、幸せにならなきゃ申し訳ないと思っています。

僕は覚悟をもって生きています。割り切って、前向きに生きる覚悟です。今も初対面の人と話すときは怖いです。でも、勇気を出して、僕から声をかけるよう努力しています。その結果、傷つけられる反応が返ってくることも覚悟しています」

＊

## 入学早々に受けたいじめ

いじめられた体験を子どもたちに伝える取り組みをライフワークにしている男性がいます。顔の右目周辺に紫色のコブがある藤井輝明《てるあき》さん、61歳。各地の小中学校や高校、大学で講演してきました。

講演では、子どもたちには「てるちゃん」と呼ばれ大人気です。

「私の小学校時代を描いた絵本『てるちゃんのかお』を教材に、いじめられた体験について、楽しくさわやかに語ります。

子どもたちには『デブ』『チビ』など、見た目についてニックネームをつけることは人を傷つける恐れがあるから気をつけようね、と話しています。

話を聞いている子どもが、いじめられたり、見た目に悩んだりしているかもしれません。だから、『私はいじめられて死のうと思ったこともあるけど、今は生きていて本当によかったと思っている。コブのおかげで、こうしてみんなにも会えたし、コブは私のチャームポイントだよ』と伝えます。

子どもたちにコブを触ってもらうこともあります。『感染するような病気ではないよ』ときちんと説明すれば、子どもたちは怖がることなく、コブを触ります。『プニュプニュしている』『プリンみたい』と感想を言います」

藤井さんは生まれたときは、普通の顔でした。2歳のとき、異変が生じます。

「血管が変形する『海綿状血管腫』を発症し、右の顔がふくれあがりました。24歳のときに、手術を3度受けました。膨らみが大きくなり、放置すれば命にかかわるとのことだったので。コブの大きさは今の2・5倍もありました。手術の後遺症か、今も季節の変わり目にはキリキリ痛みます」

小学校に入学早々、いじめを受けました。

「いじめっ子グループに『やい！　バケモノ。病気がうつるから近くに来るな』『学校から出て行け』と言われました。石を投げつけられたこともあります。『自分は何も悪いことをしていないのに、どうしてこんな目に？』と悲しくなり、この世から消えていなくなりたいと思った記憶があります。

学校の先生も守ってくれませんでした。相談しましたが、『ふざけて一緒に遊んでいるだけ』と言ういじめっ子グループの説明を先生は信じ、対応してくれませんでした。しっかりと見ていれば、それがいじめなのか遊びなのかは気づくはずなんですけどね」

小学2年生で、藤井さんは転校します。親の配慮でした。

「両親がいじめをみかねたのでしょう。2年生で転校させてくれました。転校先の学校の先生が、感染する病気ではないことを子どもたちに伝えてくれたおかげでいじめにあうことはなくなりました」

## 顔のコブが人生を切り開いた

思春期になると、コブのある顔が気になり、引っ込み事案の性格になっていきました。

「中学、高校と自分から人に話しかけることはできませんでした。いつも険しい顔をして、街で私をジロジロ見る人がいれば、怒りを込め、にらみ返していました。

一人の友だちが、そんな私を変えてくれました。大学1年生のとき、『藤井くんは笑顔が素敵なんだから、もっとニコニコ笑いなよ』と言ってくれたのです。『こいつ、何を言っているんだ』と内心反発しましたが、すれ違った人に『ニコッ』としたら、笑顔が返ってきました。

人と付き合う際、自分から心の壁をつくっていたことに気づきました。それ以来、笑顔で生きようと決めました」

しかし、藤井さんは就職活動で大きくつまずきます。

「大学で経済の勉強にのめり込み、銀行や証券会社に就職を希望しました。当時は景気もよく、大学の友人はどんどん就職が決まっていきました。

しかし、私はダメでした。50社受けて、まったく内定がもらえません。

人事担当者に理由を尋ねると、『いくら成績がよくても、バケモノは雇えない』と言われました。

顧客や取引先が嫌悪感を抱いてしまう恐れがあると言うのです。社会から不要だと言われているようで、私の自尊心は木っ端《こっぱ》みじんに砕かれました。

もちろん、私の体験は40年近くも前の話なので、このような露骨な差別は、今はないと信じたいです」

藤井さんの人生を振り回してきた顔のコブ。だが、その顔が藤井さんの人生を切り開きます。

「ある医療関係の講演に出席した際、講演したドクターから声をかけられました。『あなたのようなハンデを抱えている人間が医療や福祉に必要だ』と言われ、医学研究所の事務

てるちゃんのかお

官で働かないかと誘われました。それで、人生の進路が決まりました。

就職してから4年後に、医学系の大学に入り直し、看護学を学びました。博士となり、大学の教壇に立ちました。授業では、医者の卵たちに自分の体験を伝え、どう心のケアをするべきか議論してもらいました。

医療や教育の世界で、障害のある人がどんどん働くことは大切なことだと思います。外見に症状がある人が教師になれば、存在そのものが、子どもたちに多様性を尊重する大切さを伝えることになります」

## 「自分の顔に誇りをもって生きなさい」

今でも見た目への悩みはあると言います。

「気分の浮き沈みはあります。突き刺す視線にはストレスを感じますし。電車で私の隣に座った人が私の顔を見て、ほかの空いている席に移ることが今もあります。

『顔のことくらいでガタガタ言うな。もっとつらい病気や障害の人はいる』との批判もさんざん耳にしてきました。しかし、つらいものはつらいのです。

私のような顔を見て、悪気はなくても驚いたり、違和感や嫌悪感を覚えたりするのは仕方ないことだと思います。感情を抑えることはできませんから。でも、理性があるわけだから、その感情を表情や行動に出すことはやめて下さい。

私が小学校で講演を繰り返すのも、教育の力を信じているからです。子どもたちに『人と違う見た目の人も世の中にいる』と知ってもらいたい。そうすれば、驚きや戸惑いも減ると思います。車いすの人や外国人を見ても、何とも思わないのは、その存在を見慣れたからではないでしょうか」

自尊心の大切さを、藤井さんは強調します。

「母親は近所の家を一軒一軒回って、『うちの子を励ましてやってほしい』と声をかけてくれました。そんな両親に大切に育てられ、自尊心が育まれていきました。つらい体験をするたびに、自尊心も削られていきましたが、最後に倒れずに済んだのは、子どもの頃の自尊心の貯金があったからだと考えています。

両親は、『コブはあなたの宝物。自分の顔に誇りをもって生きなさい』と言ってくれました。両親の言葉は本当だったと実感しています。

つらい差別も体験しましたが、コブのおかげで医療の世界に進み、全国各地の小学校に講演でまわることができています。コブは私のチャームポイントであり、トレードマーク。コブがあるからこその私だと思っています」

## 〈取材を終えて〉

彼らの話に耳を傾けながら、つらい学校時代の体験から彼らが立ち直れたのはなぜだろうと、僕は考えていました。

一つは、成功体験でしょう。三橋さんは自転車の旅で達成感を味わいます。そして大学に入り直し、同級生に笑顔であいさつされるというような、本当に小さな成功体験を積み上げることで、対人関係での自信をつけていきました。石田さんは、彼女に「内面が好き」と言われ、恋愛に前向きな考えを持てるようになりました。

学校生活では、どのような教師に巡り合うかも重要です。三橋さんは、教師に傷つけられたというのだから驚きです。いじめを受けて転校した藤井さんは転校先の教師の対応に支えられます。石田さんは進路に悩んだ高校時代、教師の言葉に背中を押されました。

両親の言動も支えになります。石田さんや藤井さんの両親は、子どもの見た目に症状があることに対し、否定的な言葉を発することなく、丸ごと受け止め、「あなたはそのままでいい」と肯定的な言葉を発しました。「両親が自尊心を育んでくれたおかげで、どんな困難があっても最後は倒れなかった」との藤井さんの言葉は印象的です。

共通していたのは、見た目に疾患があるがゆえに人間関係はマイナスから始まるととらえ、自分から人に働きかける決断をしていたことです。三橋さんは「会話や行動で相手の印象を変える」、石田さんは「自分から話しかける」、藤井さんは「ニコッと笑う」と言います。

また、三橋さんは過去の自分に「つらいことから逃げてもいいんだ」と伝えたいと語りました。長男が悩んだとき、僕は思わず「逃げるな」と言ってしまいそうです。長男を信じて、黙って見守ることが大切かもしれません。

僕の長男も見た目のせいで、学校でいじめられたり、嫌な思いをしたりする経験をするかもしれません。そのときは僕も親として悩み、長男にどのような言葉をかけ、学校に対しどのような働きかけをするべきか悩むでしょう。そんなときは、彼らの話を思い出し、ヒントを探ろうと考えています。

第３章

# どんな顔でも自由に働きたい

## 採用で差別はある？

就職活動で、採用担当者によい印象を持ってもらうためには、さわやかな笑顔が大切だとよく耳にします。営業や接客の現場では、当然のように客に笑顔がふりまかれています。でも、僕の長男は右顔の筋肉を動かすことができないため、笑うと表情が左右非対称になります。笑顔が大事という価値観の中で、就職活動や仕事で長男は不利な立場に陥ってしまうかもしれません。長男が何をしたいのかが一番大切ですが、客商売よりも専門職や技術職のほうがよいのではないかと考えてしまいます。

「それは杞憂《きゆう》でしょ。仕事で大切なのは能力」と考える人がいるかもしれません。でも、「見た目による生涯年収格差は2700万円」。そんなアメリカの研究者の調査結果もあります。

顔にマヒがある女性は、面接で「笑顔がつくれますか？」と問われ、返答に困りました。接客のバイトを始めると、マスクは禁止のルールなのに「あなたはマスクをして」と言われました。「就活で『笑顔が大事』と言われても私はうまく笑えません」と悩みます。

良性の腫瘍によって唇が膨れあがっている男子大学生は、「僕はこの顔なので、民間企業で働くのは無理でしょう。だから資格をとろうと思っています」と語ります。彼なりのサバイバル術とも言えるかもしれませんが、差別されることを恐れて、将来の選択肢を狭めているとも言えます。実際、資格をとって福祉の現場で働く当事者がとても多い印象を受けます。

僕はここで、「企業が、外見に症状がある人たちを採用で差別している」と声高に批判したいわけではありません。採用担当者の方は「そんなことはない。当事者が勝手にそうとらえているだけだ」と反論されるでしょうし、僕もそうではないと信じています。

ただ、その特徴的な外見ゆえに就職活動や仕事で嫌な思いをして、自信を失っている人たちがいることを知ってもらえたらと思います。

＊

## 「白い子」として生まれて

あるアルビノの女子大生が会社説明会で「入社後は髪を染めてもらう」と言われ悔しい

思いをした、との記事を読んだことがあります。

この方のように、アルビノの人たちが就職活動で髪色を問題視される話を耳にします。実際の体験談を聞きたいと、僕は関西に向かいました。

待ち合わせの場所で待っていると、白い肌に、真っ白な色のロングヘアーの女性が現れました。藪本《やぶもと》舞さん、35歳。白い肌にあこがれる人なら思わず「きれい！」と言いたくなる外見とは裏腹に、アルビノであるがゆえに壁にあたりました。


話を聞く前に写真撮影を頼みました。日当たりのよいところで撮影しようとすると、藪本さんの目がどんどん細くなっていきました。

「ごめんなさい。まぶしくて。アルビノのため光に敏感で。アルビノは視覚障害を伴う人も多く、紫外線に弱くて日焼けしやすいんです。メガネやコンタクトレンズをつけても、大幅に視力があがることはありません」

喫茶店に入りインタビューを始めました。藪本さんは時おり、「ウフフフッ」と優しい笑みを見せながら丁寧に真剣に、言葉を一つずつ選びながら語ってくれました。

「生まれたときは、医師も『白い子が生まれてきて、詳しいことはわからない』って感じで、別の病院を紹介されたようです」

3歳のとき、両親が離婚しました。

「私がアルビノであることがすべての理由ではないとは思いますが、関係していたかもしれません。アルビノの子を育てる中で、気持ちがすれ違ったのかも。当時はまだアルビノも知られた疾患ではなく、いろんなことがわからない中で子育てをしなければならず、母親も父親もつらかったと思います」

その後、薮本さんは父方の祖父母のもとで育てられました。

「以来、母親とは一度も会っていません。でも、母親の記憶はあります。お母さんといろんな場所に行ったなとか、お話ししたなとか。子どもながらに心に残しておきたかったのかもしれません」

小学生のときは、自分の存在がタブー視されていることに違和感を覚えていたと言います。

「入学前、祖父が学校に『アルビノで白くて、視力も悪くて』と説明し、『この子の見た目を話題にしないよう、周りの子どもに言って下さい』とかけあっていたようです。おかげで、いじめを受けることはありませんでした。

ただ、周りから、すごく気を遣われているのがわかって。子どもだったら普通、『なんで白いの?』ってなりますよね。でも、それを聞くのがタブーになっていました。視力が悪いことに配慮されてか、ドッジボールも私だけ当てられなかった。特別扱いされている感じがあって、ありがたいなと思う反面、気を遣わせて悪いなとの思いもあり、壁を感じていました。

遠足では、ほかの小学校の子たちと一緒になると、『外国人おるー』ってはやし立てられました。でも、こっちは『そこは触れたらあかんことやのに……』と、微妙な空気が流れました。みんなに申し訳なくて、いてもたってもいられない気持ちになりました」

## バイト面接がすべて不採用に

中学校でもタブー視は続きました。藪本さんは「このままではあかん」と、知り合いが

ほとんどいない遠方の高校に進学します。

「電車を使って、1時間半かけて通学しました。自己紹介では、『どうして私は白いのか』を自らの口で説明しました。微妙な反応をする子もいたけれど、タブー視されている感覚はなくなりました。

中には、『いつも気になっててんけど、なんでそんな髪色なん？』って話しかけてくれる子もいました。地毛であることを伝えると『えー、いいなぁ！』って、うらやましがってくれて。『壁、ない！』『いいんや、これが⁉』と驚きました。自由な校風で、友だちもたくさんできて、とても楽しかったです」

ただ、アルビノが生きて行く上でのハードルになると初めて感じたのも高校生のときでした。

「周りの友人たちがアルバイトを始めました。私も何社か応募したのですが、すべて不採用。ある採用担当者にバックヤードに連れて行かれ、『あなたの髪の毛が生まれつき白いことはわかりました。だけど、募集しているのは接客業で、仕事中にお客さんにいちいち説明することはできないでしょう』と告げられました。

店先に『アルバイト募集』の貼り紙を見つけて応募しても『ごめんなさい、採用は決まりました』と断られました。アルバイト募集のチラシは、その後も変わらず店先に貼り続けてありました」

思春期まっただ中、薮本さんは挫折体験を重ね、入院するまで追い込まれてしまいました。「運転免許をとることを友人たちは楽しみにしていました。でも私は弱視だから免許をとることができません。『乗せてあげるよー』と言われ、うれしい反面、『自分で運転したい』って気持ちもあって複雑でした。

バイトの面接もそうですが、みんなが簡単にできることが私にはできない現実がつらかったです。これまで『自分の努力で生きてきた』って自信があったんですけど、何ともならないハードルがあると感じました。

当時は、こんな髪の色をしているのが悪いと自分を責めました。だって、こぞって大人がそう言うから……。精神的に不安定になり2週間ほど入院してしまい、10キロほどやせました」

高校を卒業後、藪本さんは芸術系の大学に入学。「個性の塊のような風土」で、アルビノであることも特別視されることはありませんでした。

「この私が目立たないんですよね。スキンヘッドの子もいるし、みんな思い思いの服装をしていました。私の見た目なんて、話題にならない。まるで当たり前のことのように。居心地がよかったです。

ただ、やっぱりアルバイトは決まりませんでした。1日だけ、友人が働いている企業で棚卸しの仕事を手伝いました。その子は本採用もかけあってくれましたが、規則で金髪の人は雇えないとのことでした」

## 度重なる門前払い

3年生の秋になると、就職活動が始まります。働いた経験がない藪本さんは不安でいっぱいの中、大学の就職課を訪ねます。

「アート系の仕事に就きたかったので、どういう仕事があるか尋ねたら、『あなたには障害があるから、希望する仕事には就けません』と取り合ってもらえず、障害者採用のファイルを渡されました。

『えー！』って、思いました。担当者が言う『障害』とは（アルビノに伴う）視覚障害を指していたと思いますが、アルビノの見た目も否定されているように感じました。就職課には何度か通いましたが、担当者の対応は変わりません。このことがきっかけで、外出する際にパニックの発作が起きるようになってしまい、一時期、自宅から出るのも困難な状況になりました。

周りの友だちも、就活前に髪を黒く染めていきました。黒髪の就活生の集団の中に、白髪の私が入っていく勇気はありませんでした。努力が足りないと言われたら、その通りです。でも、高校生のときからバイトで落とされ続けてきて、就職課でも『あなたには無理だ』と門前払いされて……。あのころの私にはもう力が残っていませんでした」

就職先は決まらぬまま大学を卒業。その後、アパレルショップの接客バイトの内定が出ましたが、施設側のカラーコードにひっかかり、内定が取り消されました。手に職をつけるしかないと、リハビリ系の専門学校への入学も検討しました。

「アルビノの友人が専門学校に通っていたので相談すると、『先生に聞いてみる』と言ってくれました。友人は髪の毛を黒く染めていたのですが、先生からは『髪の色で不合格にすることはない』との返事が返ってきました。

でも実際に私が見学会にいくと、同じ先生が『うちの学校は髪の毛を黒くしないと入れません』って言うんです。『その髪の色で実習先の病院に行ったら、利用者さんに説明するのは面倒でしょう。髪の毛を染めたほうがいいでしょう』って。言うことが違うので、びっくりしました」

地毛を否定される体験を繰り返すうちに、薮本さんは「アルビノ同士で集まって、悩みを打ち明けられるような場所をつくりたい」と考えるようになりました。

「私みたいに困っている人が、ほかにいるんじゃないかと思って。私は一人で悩んだけど、アルビノの知り合いがいれば、気持ちを共有することもできるし、『こういう方法や考え方もあるんじゃない？』って話し合うこともできるかなと思いました」

## 自分の居場所を自分でつくる

薮本さんは、ほかのアルビノの人にも声をかけ、アルビノ当事者と家族の交流を目的とした「アルビノ・ドーナツの会」を２００７年に設立。現在は、代表として、各地の学校で子どもたちの前で講演をするほか、「見た目問題相談センター」（一般財団法人八尾市人権協会）の相談員として働いています。

「初めて開いた交流会には、大阪市内に全国から20人ほどが集まりました。アルビノってたくさんいるんだと驚きました。言葉がなくても気持ちが通じるような安心感を覚えました。普通に生活していると、なかなか知り合えませんので。

10年前に未成年だった子たちが、大人になった今も交流会に参加してくれています。もちろん、仕事が忙しくなったら来られない時期もあると思うけど、困ったことや、つらいことがあったらまた顔を出してもらえばいい。そんな緩いつながりを保っていきたいと考えています」

「当事者の交流会や講演会では、赤ずきんやサンタクロースの格好をすることがあります。こんな髪の毛の色だから服がちょっとあざとくても、キャラっぽくなれるんですよ。『ぴったりやろ』って。講演会ではどちらかと言うとしんどい話をするので、服装で子どもたちの心をつかみたいとの意図もあります。

社会人として収入が少ないのは、正直コンプレックスです。でも自分の夢はかなえたと思っています。アート系の仕事に就く夢は果たせませんでしたが、アルビノ・ドーナツの会を立ち上げ、自分なりの活動を続けることができているので。高校生くらいから『私にしかできないことをして生きていたい』と考えていました」

アルビノは遺伝する可能性があります。結婚や出産についても尋ねました。

「アルビノの子が生まれたとしても、社会的な受け皿があれば、問題はないと考えています。そんな社会をつくりたいと思って活動しています。でも、これはあくまで私個人の考え方です。ほかのアルビノの子たちと出産の話になったとき、『疾患が遺伝してでも生むのはどうなんやろうね』と言う子もいます」

最後に、「髪の色をどんなに周りから否定されても、黒く染めなかったのはなぜですか」と尋ねると、薮本さんはこう言いました。

「仮に面接のために黒く染めて入社したら、そのままずっと黒くしないといけない状況が続くかもしれません。私の性格上、それはプレッシャーを感じると思います。染めないでいたほうが、気持ちが楽です。

社会に対する、私なりの反骨精神なんだと思います。マイノリティーに生まれたがゆえに、マジョリティーの常識や圧力に反発を感じてしまうと言うか……。差別から逃れるために、生まれたままの髪の色を自ら否定するということができませんでした。子どものわがままだと言われるかもしれませんが……」

アルビノの人が髪を黒く染めるかどうかは、本人の意思が何より大事だと考えています。だから就職活動のために染めるアルビノの子がいても私は否定しません。自分の精神安定のために黒く染める人もいます。

一方で、髪の白さが自分らしさだと考えて染めない人もいるし、染めることは自傷行為だと考える人さえいます。

少なくとも、社会が『黒く染めろ』と強制するものではないと考えています」

＊

## 「本来の姿のまま仕事がしたい」

アルビノでも、髪の色は人によって違います。26歳の伊藤大介さんは金髪。アルビノを知らない人には、伊藤さんがオシャレでそうした色に染めているように見えます。伊藤さんも就職活動で、髪の色について指摘を受けました。

「学部生時代の就職活動で、大手の民間企業を受けた際、『接客のときに毎回、お客さんにアルビノであることを説明するんですか？　髪の毛を黒く染めたほうがいいのでは？』と面接官に言われました。

弱視について聞かれるならまだしも、生まれつきの見た目が問題にされるのかと驚きました。子どものとき、『外国人だ』『不良だ』って言われたり、チラチラ見られたりという経験はありましたが、まさか就職活動でハードルになるのかと。同じ能力の人が2人いたら、私は落とされるだろうなって感じました。ならば、ほかの人よりも勉強や経験が必要だと思いました」

伊藤さんは大学院に進学。1年生のときに国の留学支援制度を使って、スウェーデンに留学し、さらにアフリカで起きている「アルビノ狩り」に興味を持ち、NGOでインターンシップを体験します。

「アフリカ東部のタンザニアでは、アルビノに対し『悪魔』『呪い』とのイメージが存在します。そして、呪術に使う目的で、アルビノの人々を襲い、身体を切断する『アルビノ狩り』が起きています。

私は2015年12月から1カ月間、タンザニアで活動するNGOでインターンシップをしました。アルビノの子ども約100人が通う公立小学校でボランティアをしました。

家から通えない子たちは、学校に併設された寄宿舎で暮らしていました。寄宿舎は子どもたちを襲撃から守るためなのか、塀で囲われ、ガードマンがいました。中には、3歳のころから親から引き離され、ずっと暮らしている子も。保護施設としての性格もあったと思います」

## アルビノでも、やりたい仕事ができた

こうした経験を通し、伊藤さんは途上国支援の道に興味を持ちました。就職活動の面接では、インターンシップでの取り組みをアピール。髪の色についても誤解されたり、疑問を持たれたりしないように自ら説明しました。現在はＪＩＣＡ（国際協力機構）で働いています。

「面接の冒頭、自分がアルビノであること、視覚障害があることを説明しました。私が髪の毛を黒く染めるつもりはなく、本来の姿のまま仕事をしたい意思もしっかりと伝え、お互い誤解が生まれないように意識しました。

今、仕事で外国人と一緒に仕事をする機会が多いのですが、日本人なのに金髪であることに、みんな最初は驚きます。ですが、『いいね』と好評ですし、『日本人にもいろんな髪の毛の人がいて、多様性に富んでいるんだね』と親近感を覚えてくれる方もいます。

一方で、日本人と仕事をするときは、私の髪の毛を見て、微妙な空気が流れるときがあ

下・学生時代、タンザニアでインターンシップを経験した

ります。でも、私がアルビノで髪の色も地毛であることがわかると、雰囲気が良くなると感じることはあります」

伊藤さんの弟と妹もアルビノです。2人を含め、若いアルビノの人たちが、生きやすい社会になることを伊藤さんは望みます。

「私が社会に出ても髪の毛を黒く染めないと決めたのは、『日本人＝髪は黒くあるべき』という価値観自体が誤っていると思い、ささやかな抵抗をしたいと考えたためです。私が黒く染めたら、社会は変わらぬまま、私の弟や妹といった若い世代が虐げられる恐れがあります。

私はアフリカや日本で、年上のアルビノの人々と出会い、たくさんの経験を聞くことで、安心しました。次は、私が若いアルビノの子たちに自分の経験を伝える番だと考えています。アルビノだって、やりたい仕事をできることを、身をもって示していければと考えています」

＊

## 夢をあきらめた瞬間

周りの力を借りて、一歩前進した女性もいます。埼玉県の大石美久さん、30歳。骨や皮膚などに異変が起きる疾患マッキューン・オルブライト症候群と闘っています。日本では、10万〜100万人に一人とされる非常に珍しい病気です。

大石さんは、顔に症状が出ています。左側のほおとあごの骨が変形しているため、ふくらみ、口角が下がっています。また、身体の骨が折れやすいのも悩みです。

「この病気の影響で、左脚より右脚のほうが2センチほど長いです。右脚だけ内股になってしまい、バランスを崩しやすいです。今は歩くとき、つえを使っています。骨は折れやすく、車内で子どものいる後部座席に振り向いただけで、肋骨を骨折したこともあります。

見た目も左顔がふくらんでいるので、周りから見られているんじゃないかという不安があります。子どものころ、男子が顔のほっぺをふくらませ、私の顔のまねをしてきたことが忘れられません。今は髪の毛をおろし、パーマをかけて全体的にふっくらさせることで、左顔を隠すようにしています。

顔の骨は手術で削ることもできるそうですが、神経を傷つける恐れがあるので私はしていません。症状は、人によって様々です。中には、車いすの生活を余儀なくされる人もいます」

病気に人生を振り回されてきたと言います。夢だった看護師にもなれませんでした。
「高校生のとき、股関節を骨折しました。そんなとき、優しい言葉をかけて支えてくれたのが看護師さんで、私もなりたいと思いました。
看護の専門学校に進学しましたが、病院実習の際に股関節を骨折してしまいました。そのまま入院となり、半年間休学。自信を失い、退学してしまいました」
専門学校を退学後、実家の自営業の仕事を手伝いました。24歳で結婚し、25歳で長女を

出産しました。働きたいとの思いが募りました。

「看護師になれずに失った自信を取り戻すには、外で働くしかないとの思いがずっとありました。そこで、子どもが幼稚園に通うようになったのを機に、仕事探しを始めました。看護師にはなれなかったけど、医療現場で働きたいと考え、個人経営のクリニックを受けました。すると、『顔どうしたの?』と聞かれたので、『病気で見た目は変えられませんが、仕事は一生懸命やります』と訴えました。

でも、『患者さんに、この病院に変な人がいるとか、病気の人がいるとか言われると困っちゃうんだよね』と言われました。

私の人生はまた、この病気のせいでやりたいことができないのかと、落ち込みました」

## 「助けて」と自ら声を上げる

ここでまた自信を失った大石さん。自らSOSを発しました。

「子ども関連の事務手続きのため役所に行ったとき、職員から仕事の話題を振られました。そこで、なかなか仕事が見つからない実情を打ち明けました。

すると、その方がハローワークに付き添ってくれました。そこで、眼科クリニックの事務員の仕事を紹介され、面接を受けることになりました。事前にハローワーク側からクリニックに『顔に症状がある』と説明をしてもらっていました。

院長は、『顔が気になるなら、マスクもあるから大丈夫だよ』と受け入れてくれました。今はそこで働いています。病院から支給されるくちばし型のマスクだと顔の変形が隠せないので、Lサイズの四角いマスクをしています。顔について患者さんから指摘を受けたことはありません。

この経験を通して私が思ったのは、困ったならば『助けて』と自ら声をあげて、公的な機関の力に頼ることも大切だということです。きっと助けてくれる人がいるはずです」

5歳の長女は「ママ、ここ、どうしたの？」と顔のふくらみについて聞いてきます。「娘に顔を触らせて、『病気だけど大丈夫だよ』と説明しています。偏見だけは植え付けないように注意しています。長女は最近、私の顔を『かわいい』と言ってくれるんです。それがうれしくて。

これまでは『病気を知られたくない、隠したい』との思いが強かったです。でも長女のおかげで、病気とちゃんと向き合って、この病気について周りに知ってもらおうと思えるようになりました。2018年に患者会に連絡し、はじめて同じ症状の人たちと出会いました。

今は患者会の仲間たちと協力し、指定難病入りを目指して、国に働きかける取り組みもしています」

〈取材を終えて〉

アルビノの薮本さんが白い髪を理由にバイトの面接で断られたのは、10年以上も前の話です。問題は過去の話なのでしょうか？

もちろん、アルビノの人たち全員が就職活動で苦労しているわけではないものの、薮本さんは「今も似たような事案が起きている」と言います。実際、20代のアルビノの子が髪を理由に不採用になった経験を、私の取材にも語っています。

採用しない理由として、「お客さんに、アルビノについて毎回説明するわけにはいかないから」と採用担当者は言います。その場にいない「架空のお客さん」

に責任を押しつけ、黒くない髪を受け入れない〝正しさ〟を証明するロジックです。

ですが、そもそもお客さんは髪が黒くない人に対し、嫌悪感を覚えるのでしょうか？　外国人労働者が増えている今、画一的な外見を求めるほうが、無理があるでしょう。

就業規則を楯《たて》に、アルビノの白い髪を拒否するのも違和感を覚えます。規則は、黒髪の人たちを想定したルールです。白い色が地毛であるアルビノの人たちに、規則をそのまま当てはめるのは酷です。

生まれつきの髪の色にこだわるアルビノの人に対し、「黒く染めないほうが悪い」「同調性がない」「わがままだ」と批判する人もいます。そうでしょうか？　僕は多様な外見を受け入れることができない側に問題があるように思います。「私なりの反骨精神」によって黒く染めない薮本さんの信念は、私たちが当たり前だと思っている常識を揺さぶる問題提起だと思います。

同じアルビノで、JICAで働く伊藤さんは、学部時代の就活で「同じ能力の人が2人いたら、私は落とされる」と感じ、自分を磨くために海外でのインターンシップに挑みました。現実を直視し人一倍努力することで、成功を勝ち取ったと言えるでしょう。

僕は、笑顔をうまくつくれない息子に対し、接客や営業は向いていないのではないかと、この章の冒頭に書きました。

しかし、はじめから職業の選択肢を狭めることは間違っているかもしれません。愛想笑いよりも、少々ゆがんでいても心からの笑みであれば、仕事をする上でも問題はないのではないか。長男が楽しそうに笑う姿を見て、そう思うようになっています。

COLUMN

# アルビノ狩り

「アルビノ狩り」という言葉を聞いたとき、僕は耳を疑いました。この時代に肌が白いという理由だけで、命が狙われるなんて……。

「まさに悪夢でした」。襲われた日をそう語るのが、マリアム・スタフォードさん、36歳です。タンザニアにアルビノとして生まれました。2018年に来日した際、僕は貴重な証言を得ることができました。

2008年の深夜、マリアムさんは就寝中に男4人に襲われました。ベッドに押さえつけられ、ナタで右腕を切断されました。叫び、抵抗しましたが、続いて左腕も。2歳だった息子の目の前で。おなかにいた6カ月の胎児を失いました。

アルビノ狩りが起きるのは、アルビノの人々の体が「幸運をもたらす」との迷信があるためです。切断された身体は呪術に使われるため、闇マーケットで高額売買されています。被害者は女性や子どもが多く、国連の独立専門家によると、過去10年間、アフリカ28カ国で少なくとも700件の襲撃があったといいます。

「子どものころから様々な差別にあってきました」とマリアムさんは言います。生まれたときには、親族の一人が、マリアムさんの両親に「こんなのは血のつながった家族にはいないのだから殺せ」と言ったそうです。友だちもできず、いつも一人ぼっち。マリアムさんは「差別を受けるのは、私がこんな外見だから。私は人間ではなく単なる『モノ』なのかもしれない」と自分を責めました。

両腕を失い、絶望の中にいたマリアムさん。アメリカのNGOなどの支援を受け、事件から1年後に渡米し、義手を手に入れました。米議員に「悲惨な状況を終わらせて」と訴え、米下院がアルビノ狩りを非難する決議の採択につながりました。

タンザニアに帰国後、マリアムさんは編み物を学びました。今は国内外で自らの体験を伝え、「襲撃した男たちを許したい」と言います。「許さなければ、心の平和を取り戻すことができない」からです。過去にはとらわれず、自分の人生を前に進めています。仕事で自立する姿を、ほかのアルビノの人たちに見せていくことがマリアムさんの目標です。

第 4 章

# 誰かを好きになったら

## 人は見た目で恋をする？

恋をするとき、あなたは相手の外見をどれほど重視しますか。「見た目より中身が大事。外見なんて関係ない」と、心の底から言えるでしょうか。

僕自身、女性を好きになるときは、「かわいいな」「美人だな」と思うところから始まることが多々ありました。外見を好きになってから内面も好きになっていったとも言えます。僕と同じように、恋愛対象となるかどうかについて外見を判断基準の一つにしている人はいるのではないでしょうか。

そうであるなら、外見に特異な症状を抱える人たちは、恋愛で圧倒的に不利な立場に陥ってしまいます。服装や化粧では隠しようがない疾患なら、なおさらです。もちろん、結婚が幸せの条件ではないし、彼氏彼女を無理につくる必要もありません。けれど、もし僕の長男が人を好きになったとき、悩んでしまうかもしれません。

実際、僕が出会ってきた当事者の中にも、恋愛に臆病になっている人がいます。彼ら・彼女らの努力が足りないのでしょうか。それとも本人の力ではどうしようもない問題が横たわっているのでしょうか。

一方で、壁にぶつかりつつも最愛の人と出会った当事者もいます。逆境をどのようにはねのけ、幸せをつかんだのでしょうか。

僕は恋愛に悩んだ当事者のもとを訪ねました。

＊

## 「世間の目がある」

「自分が恋愛している姿を想像できません」

愛知県の女子大生Aさんは、そう言います。生まれつき顔の左側にマヒがあり、笑った表情をつくれません。口が常に開いたままになっているのも大きなコンプレックスです。恋愛に踏み出せません。

「過去に男性から告白されたことがありました。でも、『こんな顔の私のことを好きになってくれるはずがない』と思い、相手の気持ちにこたえることができませんでした。また、『あの人、いいな。格好いいな』と好意を持ったこともありますが、気持ちは伝えませんでした。自分の顔と向き合うのに必死で、気持ちに余裕がないのかもしれません。あきらめの気持ちを抱いています。将来、結婚できるかも不安です」

テレビで恋愛ドラマを見ると、Aさんはいつも泣いてしまいます。
「感動の涙ではありません。きれいな女優さんの素敵な笑顔を見て、私はあんなふうに笑えないと苦しくなってしまいます。マヒのせいで自分に自信が持てません」

自信を取り戻すため、Aさんは大きな決断をしました。2019年、東京で手術を受けました。
「動かない顔の左側に神経を移植しました。リスクもあるので、怖かったです。でも、この口が閉じるようになって動くようになれば、少し自信が持てるようになるのではないかと思います。そうすれば、恋愛にも前向きになれる気がします」

関東地方に住む30代のBさんは、顔に大きな赤アザがあります。アザが結婚のハードルになりました。

「数年前、結婚を前提に付き合っている女性がいました。彼女は私のアザを受け入れていました。しかし、彼女の両親の元にあいさつに行くと、歓迎ムードでないことがひしひしと伝わってきました。

アザが生まれつきであること、遺伝はしないこと、一生消えないことを伝えました。彼女の親には『世間の目がある』という趣旨のことを言われました。後日、彼女から『顔のことでダメと言われた』と報告を受けました。

彼女は両親の意向を無視できるような子ではなかったし、僕もそこまで求めることはできませんでした。にっちもさっちも行かず、先が見えなかったので別れることになりました」

別の女性と結婚を考えたとき、Bさんは「同じことが起こる可能性はある」と心配しています。

*

## 男性を避けていた思春期

「おまえなんかに基本的人権はない」

2018年の年末、東京都中野区。スポットライトのあたる舞台の上で、仮面姿の女性がそう叫びました。

女性が仮面を外すと、口元が膨らんだ顔が現れ、聴衆の視線は釘付けになりました。一人芝居を演じた女性の名は、河除《かわよけ》静香さん、44歳。冒頭のセリフは、静香さんが中学生のとき、社会科の授業で「基本的人権の尊重」を学んだあと、男子生徒から実際に言われた言葉です。

演技のあと、イベントを開いたお笑いコンビ・ウーマンラッシュアワーの村本大輔さんに恋愛の話題をふられると、静香さんは「この見た目なので恋愛は無理と思っていたころもあったけど、今は結婚し、2人の子どもに恵まれました」と語りました。

静香さんに向け、温かい拍手が送られる会場の中で、僕は思いました。「静香さんの顔について、パートナーはどう思っているのだろう。本音が知りたい」

夫婦が暮らす富山県に、足を運びました。

田畑が広がる一軒家に着くと、静香さんが笑顔で出迎えてくれました。思わず、僕の視線は静香さんの口元に。失礼だと思い直し、サッと視線をそらします。

静香さんは、生まれつき動静脈奇形という病気を抱え、血管の塊が口や鼻にあり、形が普通と違います。これまで血管の塊を切除する手術を40回以上繰り返してきました。治療の影響で、嗅覚を失っています。血管が破れ、命の危険にさらされたことも一度ではありません。

僕はまず、静香さんが演じた一人芝居について尋ねました。

「見た目問題を知ってもらいたいと、一人芝居を各地で演じています。自分の体験をもとにしています。クラスの男子に『基本的人権がない』と言われ、『このやろう』って心の中で思っていました」

静香さんは子どものころから、いじめを受けてきました。保育園のときに受けた嫌がらせをはっきりと覚えています。

「普段は遊んでくれない男の子が、私の手を握って『目をつむっていてね』と言ってきました。そして、『こっちに来て』と私を誘いました。うれしかった覚えがあります。男の子にうながされ目を開けると、数人の子どもたちが笑っていました。ふと足元を見ると、私は吐しゃ物の上に立たされていました。

小学生になると、給食当番が嫌で。配膳しようとすると、『ばい菌がうつる。汚い』と言われました。廊下ですれ違いざまに、見た目の悪口を言う子も。フォークダンスで手をつないでもらえなかったこともあります」

いじめられた体験を、時に笑顔をみせながら淡々と話す静香さん。でも、当時はただ耐えるしかありませんでした。

「学校は休みませんでした。どれだけ学校で嫌なことがあっても、母親が休むことだけは許してくれませんでした。この母親の方針については賛否があるとは思いますが、物事をやりきる姿勢が身につくことになったと私は思っています」

思春期になり、恋愛については「こんな見た目の私なんて……」と積極的になれませんでした。いじめられた記憶もあったので、男性に苦手意識もありました。

「とにかく男性を避けていました。短大生のとき、男女のグループで話している際、私は意識的に男子に背中を向けるようにしていました。男性も私となんて話したくないだろうって、決めつけていましたね。さすがに、女友達に『その態度はないでしょう』って叱られるくらいでした。好きな人はいましたが、告白なんてできませんでした」

## 好きだった男性への告白

そんな静香さんの考え方を変えたのは友人の一言でした。

「短大の卒業旅行で、温泉に行きました。みんなでお風呂に入って恋愛の話題になったときでした。『私みたいな顔をしていたら、恋愛なんてできないよね』とポツリとつぶやくと、友人の一人が『なんで、そんなことを言うの！』って泣いて怒ってくれました。

その言葉を聞いて、こんな私だって恋愛してもいいのかなって思えるようになりました。

そして、男性を避けるのではなく、女性を相手にするのと同じように普通に接しようと決めました」

友人の言葉に背中を押されるように、中学時代から好きだった男性に告白します。

「直接会って、気持ちを伝えました。結局、振られてしまいましたが、彼は誠実な対応をしてくれました。長年の思いを伝えることができて、『大仕事を果たした』と、とても心が晴れやかになりました。

実は私、その彼を含めて3人の男性に告白したことがあるんです。全部振られているんですけど、恋愛についてウジウジしていたのがウソのように前向きになりました」

短大を卒業したあと、葬儀会社に就職。静香さんは母親に「お見合いがしたい」と訴えました。5回ほどお見合いをしましたが結局、実りませんでした。

「仲の良かった同僚に『あなたの武器は性格だよ。明るさや面白さが伝われば大丈夫』と言葉をかけられました。

その後、男性との出会いを求め、独身女性が少なかった物流倉庫会社に転職しました。『性格が武器』との言葉を信じ、自分のことを知ってもらおうと、男性にも臆することなく、話しかけました」

## 顔の話題をタブーにしたくない

そこで出会ったのが、今の夫、4つ年上の悟《さとる》さんです。

「グループで飲みに行ったり、遊びに行ったりしていました。数年間はそんな関係が続き、あるとき『2人で映画に行こう』と誘われ、お付き合いが始まりました」

悟さんは、静香さんをいつ恋愛対象として見るようになったのでしょうか。静香さんの見た目の第一印象を尋ねると、悟さんは正直な思いを語ってくれました。

「初めは『どっ、どっ、どうした⁉ その顔⁉』って、疑問がわきました。でも、女性に見た目について聞くわけにはいかないですから。まぁ、普通に働いているのだから差し迫った病気やけがではないだろう。なら大丈夫だなって。一目惚れして、はじめから恋愛対象

として見たわけではないです」

「仮に一目惚れしたと言われたら、私はこの人を信用してなかったです」と静香さん。悟さんが惹かれたのは、静香さんの「面白さ」ときっぱり言います。

「同僚として付き合っていくうちに、とにかく面白くて社交的な子やなぁって。会社の創業30周年を祝う式典で、みんなが礼服を着ている中で、彼女はチャイナ服姿でやってきたんです。確かに中国では正装かもしれませんが、普通は日本の会社の行事で着ないでしょ。バレンタインの日には、サンタクロースが背負っているような大きな袋を持ってきて、なぜかポテトチップを配っていました。驚きの連続です。『理屈抜きで、こいつ面白いやつやなぁ』って。今も変わらず面白いですよ。静香から面白さをとったら、何が残るのだろうって思うぐらいです。

人が他人を見た目で判断しようとするのは、人間の本能的な部分もあるので、仕方ないと思います。特に恋愛ではそうでしょう。私も、美人を見たら『きれいな女性だな』と普通に感じます。

でも、見た目は判断基準の一つに過ぎない。私にとって見た目よりも面白さのほうが重要でした。いくら美人でも、話が合わなかったら1時間も一緒にいると苦痛に感じます」

静香さんが「私との関係を真剣に考えてくれている」と伝わった瞬間があります。「付き合い始めて1カ月後のデートの帰り、車内で悟さんが急に怒り出しました。『顔のことを、なぜ話してくれないんだ』と。

私が顔の病気のことを話さないので、自分が信頼されていないと感じていたようです。私は人からジロジロ見られてつらいこと、鼻血が出やすいことなどを打ち明けました。するとと、悟さんは『人から見られるのが嫌なら、おれが君より目立つ着ぐるみを着て、隣を歩いてやる』って言ってくれました」

悟さんは「これから付き合っていく上で、顔の話題をタブーにはしたくなかった」と当時の思いを振り返ります。ただ、着ぐるみ発言には反省の弁を述べます。

「まじめに私の言葉を振り返ってみたら、何の解決にもなっていないですよね。着ぐるみを着たら、余計に視線が集まって、静香までもジロジロ見られてしまう。しかも私は、着ぐるみの中で顔が隠れているから、そんなに視線を気にする必要もない。静香の抱える見た目問題を根深くするだけだなって」

「心意気は伝わったよ」と静香さんは苦笑します。

## 他人が気づかせてくれた自分の魅力

悟さんとの両親との初の顔合わせ。事前に、悟さんは両親に「顔に病気があるけど、遺伝はしない」と伝えていました。悟さんの両親は静香さんを受け入れました。2人は悟さん30歳、静香さん26歳のときに結婚。その1年後に長男が生まれました。出産後、静香さんは、鼻の血管からの出血が止まらなくなってしまいました。

「手術して出血は治まりました。でも、皮膚が盛り上がってしまって。治療の中で、3本の歯も失いました。

子どもを生んだことは最高の幸せでした。ただ顔の形がさらに変わってしまいました。家から出るとき、マスクが欠かせなくなりました」

それ以来、どこに行くときも、職場でも、どんなに暑い日もマスク姿。外食するときも、マスクを外さずにずらして食べました。

上・幼少期。「アヒルのガーコ」とあだ名をつけられた
左・長男の出産後、顔の治療をした静香さん

「マスクをすると、見られない安心感があります。でもマスクを手にしたことで、外したら見られるんじゃないかという恐怖心が強くなりました。その怖さは年々、強くなっています。

特に困るのは外食です。先日、東京のホテルに泊まったとき、朝食が会場でのビュッフェタイプでした。顔を見られることが怖くて、会場に行けませんでした。仕方なく、コンビニで買ったものを部屋で食べました。

芝居のときは、平気で仮面を外せるんですが……。聴衆の人たちが理解してくれるという安心感もあるかもしれません。でも、日常ではダメですね。見た目へのコンプレックスはまったく消えていません。むしろ悪化しているかも。これからも、ずっと続くと思います。簡単に『顔を受け入れている』とは言えません」

2018年にも大量に出血。富山県内の病院では処置できず、東京都内の病院に入院し、治療しました。その際、鼻の骨を取り出したため、鼻の形が変わってしまいました。

「鼻の高さがなくなり、ペシャンコになってしまいました。手術のたびに、顔の変化の深刻度が増している気がします」

見た目に悩んで恋愛に踏み出せない人たちへのアドバイスとして、静香さんは「調子に乗ることですよ」と言います。

「『こんな自分なんか……』と思う気持ちは痛いほどわかります。でも、自分が卑屈になったら、相手に好きになってもらえません。自分にも良いところがあると調子に乗って、勇気を出して思いを伝えるしかないです。もし相手が見た目を理由に拒絶するなら、その程度の人だったと思えばいいだけですから。

他人のアドバイスを素直に信じることも大事です。私の場合、同僚から言われた『あなたの武器は性格』って言葉を信じたことが今につながっています。自分では自分の魅力を見いだせなくても、他人が気づかせてくれることもあります」

悟さんとの結婚によって、静香さんは自分の価値を認められるようになりました。

「私は、ずっと自分に自信がなかったんです。もし銀行強盗に鉢合わせて、誰かが人質にならないといけない状況に遭遇したら、自分が人質になるべきだって子どものころから思っていました。自分は他人より劣った、価値のない人間だという思いが頭の片隅にあったので。

でも、夫と出会って結婚したころから、『自分だって大切な人間なのだ』って、心の底から思えるようになりました」

＊

## 「まだ付き合っているのか」

都内に暮らす高橋浩章《ひろあき》さん44歳と、妻の文恵《ふみえ》さん43歳。共働きで3人の子どもを育てる夫婦です。ごく平凡な家庭ですが、ちょっと違うのは、文恵さんと中学生の季之くん（第2章で登場）が、トリーチャーコリンズ症候群だということです。顔のあごやほおの骨が未発達な状態で生まれました。

2人の出会いは、当時務めていた職場でした。飲み仲間として数年ほど付き合ったあと、2人で出かける間柄になり、24歳のとき、2人は恋に落ちました。

僕は浩章さんに尋ねました。はじめて会ったとき、文恵さんの見た目をどう思いましたか？

「第一印象は、小顔だなって思いました。目に少し違和感を覚えましたが、友人として付き合っていくうちに、見た目について気にならなくなりました」

文恵さんの症状は軽度です。それでも街ではすれ違いざまにジロジロ見られたり、笑われたりすることもあるそうです。

「他人の視線に敏感になっています。あるとき、一緒にいた夫が『あー、今、見られていたね』と私に言葉をかけてくれました。気にするなよとフォローしてくれているのがわかって、うれしかったです」

文恵さんが僕の質問に受け答えしている間、浩章さんはたびたび、文恵さんに優しい視線を送っていました。今では幸せな家庭を築いたものの、文恵さんのこれまでの人生は、順風満帆と言えるものではありませんでした。浩章さんと付き合う前には、見た目を原因に、恋愛で大きな挫折を経験しています。

「結婚を考えた男性がいました。でも、その男性に『あんなバケモノとまだ付き合っているのかって父親から言われちゃったよ』と伝えられました。とってもショックで……。それもきっかけになって、彼と別れることになりました。結婚となると、私の場合、相手の親の同意も大きなハードルになる現実を思い知らされました。

この苦い記憶がずっと残っていて、夫の両親に会うときも緊張しました。初めてのあいさつで、『病気で顔が奇形でして。難聴もあって、ご迷惑をかけるかもしれません。すみません』と頭を下げました。自分からしっかりと説明しようと。夫の両親は全然気にしていませんでしたが」

## 自分が思うほど人は気にしてなかった

子ども時代について話が及ぶと、「毎日、生きるのに必死でした」と文恵さんは振り返りました。

「周りの子から『外国人』『顔が変』と言われたり、指を指されて笑われたり。特に中学時代がつらくて。友だちには無視されていました。奈良と京都に行った修学旅行では、グループの中に入れず、一人後ろからついていくだけでした。私自身も仲良くすることをあきらめていました。

街を歩いていたら、子ども連れの男性が、ひょいと子どもを私の目の高さに抱き上げ、『ほら、あの人の顔を見てごらん』と言って、笑っていた。もう毎日つらくて、泣いてばかりいました。

中学1年生のとき、作文に『死にたいです。今すぐ自殺したいです』と書きました。そうしたら三者面談の際、親の前で話題にされました。恥ずかしくて、焦って『冗談です』ってごまかしました。本音だったんですけどね」


過去を振り返る文恵さんの隣で、苦い顔で耳を傾けていた浩章さん。文恵さんの体験談について、詳しくは知らなかったと言います。

「中学時代の嫌な記憶は忘れていると聞いていたので、根掘り葉掘り聞くようなことはしていません。忘れたいことがあるという気持ちは共感できるから。嫌な記憶を思い出しても、つまらないじゃないですか。こちらからは触れられない」


中学を卒業した文恵さん。誰も知り合いがいない高校に進学しました。そこで、友だち

も彼氏もできました。

「環境が変わって、前向きになれたのかな。そうしたら友だちができるようになって。友だちだった男子から告白されて。自分が思っているほど、相手は顔のことを気にしていないんだなって思えるようになりました」

## 遺伝の不安をどうする？

2人は26歳で結婚しました。そのとき、文恵さんのお腹には、赤ちゃんがいました。文恵さんは、子どものころから通っていた病院の医師に「どうして子どもをつくっちゃったの？」と言われました。トリーチャーコリンズ症候群は遺伝する可能性があるためです。

「実は、私がトリーチャーコリンズ症候群だと説明されたのは、妊娠後でした。それまで、自分の病名を知りませんでした。ですから、遺伝の可能性もあまり意識していませんでした」

浩章さんは「仮に遺伝しても、妻はちゃんとした大人になれているし、大丈夫じゃないかな」と深く悩むことはありませんでした。結局、第1子には遺伝せず、元気な赤ちゃんが生まれました。2人目にも遺伝しなかったことから、文恵さんは「3人目も大丈夫だろう」と思っていました。ですが、3人目には遺伝。文恵さんは「ショックだった」と言います。「生まれた季之を見て、私が最初に発した言葉は『ごめんね』でした。主人から、耳の形がなくて、口に穴が空いていると言われました」

文恵さんがうろたえる姿を見て、浩章さんは「おれがしっかりしないといけない」と決意したと言います。

「最悪、妻が生まれたばかりの季之と無理心中でもするのではないかと、不安になりましたから。私がフォローしなければいけないと、一瞬で思いました。だから、後ろ向きの言葉は発しませんでした」

季之くんが小学校に入学するとき、文恵さんは自らがいじめられた経験を踏まえ、子どもの病気を説明した書類をつくり、学校に事前に提出し、「顔のことでいじめられることがあるかもしれないが、フォローしてやってほしい」と伝えました。季之くんは今、これまで大きないじめを受けることはなく、楽しく学校に通っています。文恵さんは、こう言

います。

「見た目はしょうがないですから。つらいこともあるかもしれませんが、季之は積極的にコミュニケーションをとるタイプ。将来は自分が好きなことを何か見つけてもらえればいいかなと思っています。見守っていきたいです」

「見た目に悩む人たちに、恋愛のアドバイスをするなら何と言葉をかけますか」と文恵さんに尋ねました。

「自分が気にしているよりも、相手は気にしていないよってことですね。

第一印象に顔が与える影響は、大きいと思います。でも付き合いが長くなると、だんだん顔の重要性って小さくなると思います。それよりも、一緒にいて楽しいことが大事。顔のつくりは変えられなくても化粧やオシャレをすれば、自分に自信が持てます。私も若いころは、化粧を工夫していましたよ」

## 〈取材を終えて〉

見た目に疾患がある人の結婚や恋愛は、一筋縄ではいきません。

ある当事者は「外見が普通ではない人間にとって、最大のハンディキャップは異性にもてないこと。恋愛は容姿が『好きか嫌いか』という本音の世界だから」と語ります。

パートナーが見つかっても、Bさんのように相手の両親の同意というハードルも待ち構えています。「世間体」を建前に結婚を認めないパターンも多く、その不条理に立ちすくむ人もいます。

ある遺伝性の疾患を見た目に抱える当事者は、子どものころから、親族に「あんたみたいな子が生まれるかもしれないから、子どもは生むなよ」と言われて育ちました。

一方で、河除さん夫婦と、高橋さん夫婦の話を聞きながら、僕は長男の恋愛や結婚について過度に心配する必要はないかもしれないと感じます。きっと長男の人柄を好きになってくれる人がいるはずです。

河除静香さんは「あなたの武器は性格」という同僚からかけられた言葉を信じ、積極的に男性にかかわっていきました。そして、何度失敗してもあきらめない姿勢で、幸せをつかみました。

とはいえ、恋愛や結婚で壁にぶつかっている当事者に「内面を磨けば大丈夫」「積極的になろう」と安易に言うことはできません。それでは、彼ら・彼女らばかりに努力を押しつけることになってしまいます。外見を重視する世の中の風潮も変わる必要があるのではないでしょうか。

では、今まさに悩んでいる人はどうすればいいのか。そもそも恋愛や結婚は幸せの絶対条件ではないから、割り切って生きていくのも一つの手です。本人が納得できるならそれでいいと思います。でも、本音では恋愛したいなら……。

静香さんの夫、悟さんが「静香が学生時代のように、職場でも男性とかかわりたくないオーラをずっと出していたら、僕から誘うことはなかったかもしれない」と取材で語っていたのが印象的でした。自分自身に卑屈になっていれば、見た目とは関係なく、チャンスは巡ってこないでしょう。

このことは、見た目に疾患を抱える人だけでなく、恋愛に前向きになれないすべての人に当てはまることかもしれません。

勇気を出して一歩前に踏み出す。そういった姿勢を、僕は長男に身につけてほしいと思います。そのために「君のことを大好きだよ」と、彼に伝え続けます。「愛された体験」が自信につながると思うからです。

第5章

# 見た目を武器にする

## 僕たちはかわいそうな存在じゃない

外見に症状のある人たちがメディアに登場するとき、苦労した体験がドラマティックに描かれる傾向があります。もちろん、見た目問題を社会に知ってもらうために、そうした報道の意義は大きいと僕は思っています。

ただ、そうした伝えられ方ばかりされると、「外見に症状がある人＝かわいそうな人」という偏見もまた生まれてしまいます。哀れみの目で見られれば、気分が沈んでしまう当事者もいるかもしれません。

「苦労話を僕に聞こうとしても時間の無駄ですよ。僕はかわいそうじゃないし、かわいそうな人とも思われたくないですから」。取材で、僕にそう語ったアルビノの男性がいました。男性は取材で苦労話ばかりを聞こうとするメディアの姿勢について、「苦労を乗り越えた当事者が前向きに生きる感動ストーリーはやめませんか。当事者像は一つじゃない。楽しく生きている人のことも知って」と訴えます。

この男性のように、外見の違いを個性や強みとして、人生を楽しむために生かしている人たちがいます。ハンディキャップとも思える外見の症状を前向きにとらえるとはどういうことなのか、僕は知りたいと興味を持ちました。それこそ、ただの強がりでそう言っているだけで、心の中では深く傷ついているのではないか。

本音はどうなんですか？

特徴的な外見を「個性」や「強み」ととらえる3人の当事者に聞いてきました。

＊

## 見た目のせいにしない勇気

冒頭のメディア批判を口にしたのが、アルビノ・エンターテイナーの粕谷《かすや》幸司さん、35歳です。「僕は、このアルビノを悲劇にしない。」をキャッチフレーズに、ネットラジオや朗読劇、動画制作など様々なエンターテイナー活動をしてきました。

「やっぱり苦労しているのでは？」と感じられるような出来事も、粕谷さんにかかれば、工夫すれば楽しめた「喜劇」として意味づけられます。たとえば、学校のプールや体育大会。アルビノは日焼けに弱いので参加できずに、日陰で見学していました。「友達が当たり前に楽しんでいることができない」という不幸話にもなりそうですが、粕谷さんはそうとらえません。

「水泳は、ほかの見学者と楽しく話す時間にしていました。中学生くらいになると、水着姿の女子のほうを見ていられる特権にも気づいた。（アルビノに伴う）弱視なので、本当は遠くを泳いでいる女の子は見えない。だから、僕は妄想する。そうすると、みんなかわいく見える。しかも実際は見えないから、背徳感もない。

体育大会も参加できなかったんですけど、高校は放送部だったので、テントの下で音楽を流していました。できないから退屈ではなく、自分でもできる面白いことを探していましたね」

外見の違いを指摘された経験も、粕谷さんにとって「何でもないこと」です。

「幼稚園のころ、友だちに『なんで粕谷くんだけ白いの？』と聞かれたら、『どうしてそんなことを聞くの？』って泣いていました。自分の言葉で説明できなかったので。でも、小学生になって、『生まれつき』という言葉を覚えたら、僕なりに納得できたんですよ。友だちにも『生まれつき』と説明できるようになった。そうしたら言われても気にならな

くなりました。みんなと違って僕が白いのは事実だし。

外国人と間違えられて『ハロー』って声をかけられることもありますよ。そんなときは、にっこり笑って『どうも〜』と、タレント気分で返します。相手はきょとんとするけど、それもお互いに面白ければエンタメでしょ」

大学新卒の就職活動で30社以上落ちた経験も、粕谷さんはアルビノへの差別というとらえ方をしません。

「営業職の面接では、『人より目立つ外見を生かせます』とアピールしましたが、人事担当者に『会社内はいいけど、社外の人にわざわざ説明するわけにはいかないからね』と言われました。僕の人間性を知ろうともせずに拒否したのだから、度量の小さな会社だと思いました。そんな会社、こっちからお断りですよ。

そりゃ落とされ続けて『採用されないのはアルビノのせいでは……』とも頭によぎりましたよ。周りからも『アルビノだと就職も難しいよね』なんて言われましたし。でも顔写真を付けた書類審査や一次面接、二次面接は通っているわけです。だから外見のせいではなく、自分の実力がなかっただけだと考えました。

だって、どんなことでもアルビノのせいにしたら、自分にできることは何もなくなって、人生詰んじゃうじゃないですか。それでは、自分が成長できない。面接では、表情や服装、知識、トークの技術も問われます。そういったものは、努力すれば磨けます。まぁ、それでも落ち続けて、実力のなさにはうちひしがれましたけどね。

大学卒業後、IT関連会社に就職し、企画運営や広報を担当しました。転職して、アイドルのマネジャーも経験しました。アルビノだから就職しづらいって話はありますけど、人と違うからこそ活躍する場は見つけることができますよ」

## 「悲劇」ととらえられることの「痛み」

粕谷さんは、アルビノを悲劇として描かれるストーリーのカウンターカルチャーとして、自分を位置づけています。

「もちろん、学校でいじめられた経験や偏見に苦しんだアルビノの方もいます。そうした経験を悲劇としてメディアに語ることも、社会に気づきを与える意味はあることも知っています。でも、それだけじゃだめだと思います。その先に、どんな希望や未来を見つけ出すかに、僕は興味があります。

僕はいじめられなかったし、アルビノであることはコンプレックスではなく、自分のアイデンティティだととらえています。アルビノの人も一人一人違います。いろんな生き方があります。アルビノとして生きることは決して悲劇じゃない」

取材中、粕谷さんから「アルビノって、格好いいって思いませんか?」と尋ねられたので、僕は「オシャレって感じる人はいると思います」と答えました。

「そうですよね! 岩井さん、今、何かに気を遣って『オシャレ』って言い換えましたよね(笑)。格好いいと思ったら、格好いいって言っちゃえばいいんですよ。

でも、『アルビノの人は苦労を抱えて生きている』という報道ばかりされてきたから、それを見た人も『苦労しているし、病気なんだから、格好いいなんて言ったら不謹慎だ』と思ってしまうのではないですか?

その点、『アルビノになりたい』と純粋な憧れを抱いて、髪の毛を真っ白に脱色したユーチューバーのよききさんは進んでいますよ。よききさんが美容院で髪を真っ白にする様子を動画にして配信したら、『アルビノの人に失礼だ』との声が上がり、炎上しました。

でも、憧れを抱くことの何が悪かったんですか? なんでもかんでも『不謹慎だからやめろ』という風潮が、世の中をどんどんつまらなくしていますよ。僕はよききさんのように『アルビノは美しい』って言ってくれる人が増えてほしいです。

10年以上も前から、僕はアルビノについて、ブログやTwitterで情報を発信しています。症状について解説するだけでなく、『僕は楽しく生きているよ』と表現し続けています。でも、10年経っても、『アルビノ=悲劇』ととらえられている。かわいそうな存在として思われるほうが、当事者にとって痛みになることもあります。アルビノの子が生

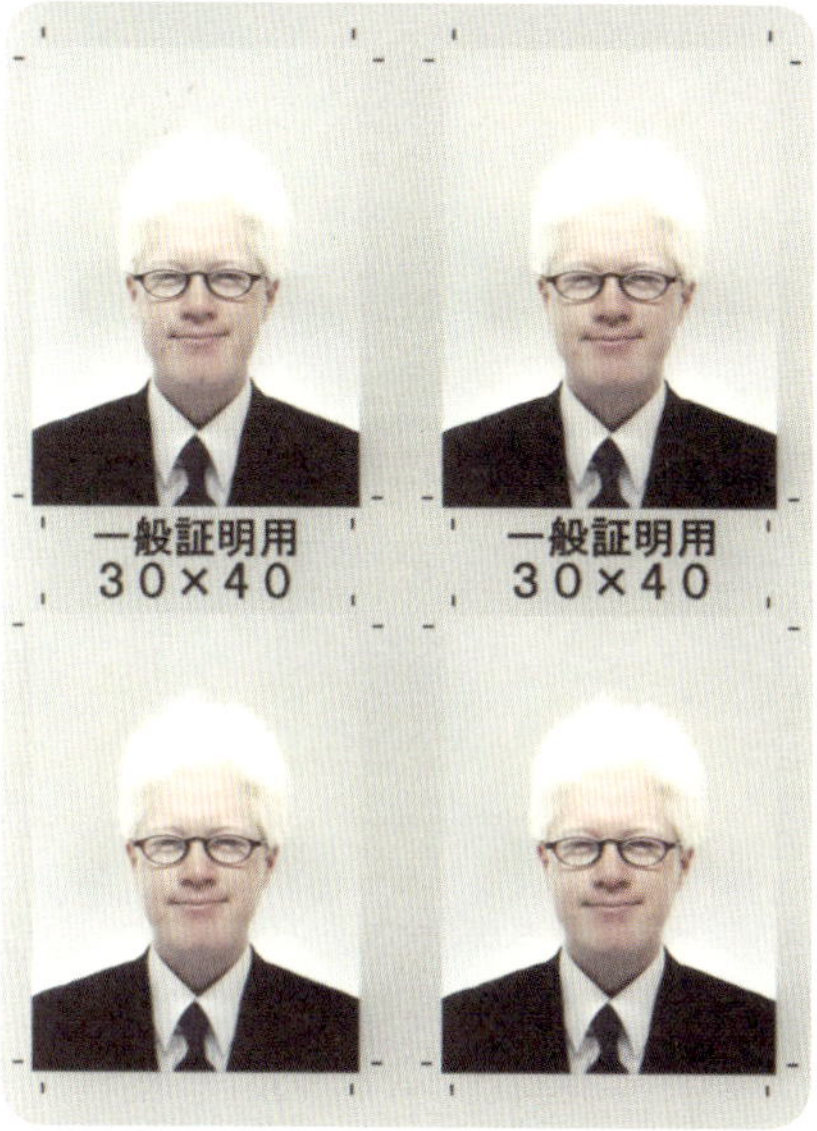


下・就職活動のときに使った証明写真

まれて不安になっている親たちに、僕の生き方を見て『楽しそう』と安心してもらいたいです」

粕谷さんがアルビノであることを肯定的にとらえられるのは、母親のおかげだと考えています。

「母は、『お人形さんみたいに可愛い』『きれい』『天使みたい』『格好いい』と、僕の存在を肯定し続けてくれました。人と違うことを直視し、そのまま肯定してくれた。もし『かわいそう』と思って育てられたら、僕の今はなかった。この母のおかげで、僕はコンプレックスなく、成長できました」

## 生まれ変わったら違う外見がいい？

アルビノは、粕谷さんにとって自分を表現するための武器です。

「人と違う見た目に生まれたことをおもしろがって、人を楽しませるために、そして自分のためにアルビノを使っています。だから、僕はアルビノ・エンターテイナーです。病気を売り物にするなんてけしからんとの批判も受けましたが、アルビノを使わないほうがもったいない。

初対面の人には、『こういう見た目ですけど、アルビノって知っていますか?』って始めることが多いです。説明すればみんな理解してくれますから。最近は、知っている人が増えてきた実感もあります。たとえ社会のアルビノへの偏見が変わらなくても、目の前にいる人と自分の関係は変えていけますよ。説明を聞いても、アルビノを『嫌い、気持ち悪い』って思う人がいたら、そんな人は放っておきます。僕は『アルビノ好き』って人と一緒にいたいですから」


最後に、「とはいえ、生まれ変わったら普通の外見がいいのでは」と尋ねると、粕谷さんはきっぱりと否定しました。

「アルビノに生まれなかったらよかったのに……、と思ったことはありません! 僕はアルビノに生まれたがゆえに、見た目について、そして人生について考え続けてきました。今の僕の人格は、アルビノだからこそ培われたものです。そして、今の幸せやエンターテインメント活動は、僕がアルビノだったおかげで、手に入れられたものです。

あっ、生まれ変われるなら、アルビノの美少女になります。アルビノ・アイドルとしてデビューして、グラビアも女優もしたいです！　あ〜、めっちゃ売れますね！」

＊

## 身長124センチのダンサーとして

マリリン・モンローの妖艶《ようえん》な曲が響き渡る中、セクシーなドレスを身にまとった小さな女性が登場すると、会場がわきました。子どものような背の低さ。でも顔は大人。みんなの視線が集まります。東京都渋谷区の「KAWAII MONSTER CAFE」。大きなケーキ形のピンク色の舞台の上で、女性は踊りながら、腰をくねらせ、ドレスを大胆に脱いでいきました。

女性は、ちびもえこさん、23歳。身長124センチと7歳児の平均とほぼ同じ背の高さです。ここで月に一度、「小人《こびと》バーレスクダンサー」として活躍しています。「背が低いことは私にとって、ダンサーとしての強みになっています。登場するだけで、会場がわっとなってくれるので」と言います。

ちびもえこさんは、軟骨無形成症という骨の異常を抱えて生まれました。

「見た目の特徴としては、座高は健常者とあまり変わりませんが、手足が伸びません。足はO脚で、お尻と太ももが大きく、腰が後ろにそっています。突然変異とされていて、根本的な治療法は見つかっていません」

ちびもえこさんのように病気が原因で極端に背が低くなる人がいます。かつては〝小人症〟と呼ばれることもありました。骨の病気のほか、成長ホルモンの病気や染色体の異常など原因は様々です。ホルモンの分泌不全では不足しているホルモンを投与することで改善が期待されます。でも、ほかの原因ではホルモン治療の効果は限定的です。

ちびもえこさんは身長が低いことで、ちょっとだけ生活で困ることがあると言います。

「スーパーの棚や自動販売機に手が届かないことがあります。服選びも大変です。胴体が大人サイズなので、子ども用は着られません。ウエストはMサイズなのに、太ももやお尻はLサイズ。長さは切るか、折り曲げて調整します。靴はキッズサイズです。試着は絶対に必要なので、ネットでは買いません。

ジロジロ見られることは気になります。顔は大人で、この体形なので、目立つことは仕方ないことですが……。同じ病気の友達と出かけているときに、小さい子に『あの人たち、気持ち悪い』って言われました。今では2人の間で笑い話になっていますが、当時は『とうとう言われちゃったよ！』とグサッときました」


対人関係では、特別扱いされることがあります。

「初対面なのに、ため口でなれなれしく言葉をかけられることがあります。ため口だと距離が縮まるかもしれませんが、『小さいからなめられているのかな』と思ってしまいますよね。

変に気を遣われることもあります。私と恋愛話をしていた知人のAさんが、Bさんから『ちびもえこさんに恋愛の話を聴くのは失礼だ』と注意されたそうです。私はAさんのようなフラットな関係のほうがいい。私だって普通の女の子。恋愛話だってしたいです」

## 「自分の体形にあう服」がない

自らの外見が普通とは違うと強く感じたのは、幼稚園のときでした。家族でショッピングセンターに行ったとき、ジロジロと見られました。

「自分の見た目が変なのかなぁ、と感じていました。幼稚園に入ると、周りの子たちと体形が違うので嫌でも意識しました」

学校は楽しく通っていたものの、恋愛は自分とは関係のない話と思うようになりました。

「小学生のときって、割とオープンに好きな子の話をするじゃないですか。そこで男の子が好きな女性の顔や体形がわかってきて、私はそういう中には含まれないと感じていました」

中学校では、テニス部に。岩手県盛岡市の大会で、あと1勝すれば県大会に手が届くところまで勝ち進みました。

「親から『小人症だから運動は無理だろうから、勉強を頑張りなさい』と言われました。

私が劣等感を持たないようにという親なりの考えだったと思います。
でも、『私だって運動できるんだ』ということを示したかった。やっぱり足は遅いし、手も短いので、テニスで不利と言えば不利でしたが、毎日3~4時間練習し、上達しました」
将来はスタイリストになりたいと思い、ファッションコースのある高校に進学。卒業後は、夢をかなえるために東京の専門学校へ。しかし、上京3年後、厳しい現実に直面しました。

「自分の体形にあう服がなくて、これも着られない、あれも着られないという現実にストレスを感じていました。そんな中で、自分以外の人に素敵な服を着せる側に回れば、自分が着飾るのと同じくらいファッションを楽しめるかなと思いました。

専門学校の卒業が近くなり、まずはプロのスタイリストのアシスタントになろうと考えましたが、体が小さいことが壁になりました。たとえば、アシスタントとして、キャリーバッグ2個に、もう一つ大きなバッグを持つことができるかといえば無理でした」

結局、何も決まらないまま専門学校を卒業。どうしていいのかわからず月日が過ぎる中、人生を変える出会いがありました。

「アルバイトで、ミュージックPV撮影のためのスタイリストを務めました。その募集をかけていたのが、ポールダンサーや身体の一部が欠損している人などをキャスティングする会社の人でした。『小人だ！』と興味を持ったそうです。この出会いがきっかけとなり、ダンサーに挑むことになりました」

## 「不謹慎」と言うのは違う

数カ月間、ポールダンサーのもとダンスを特訓。「小人症について知ってもらいたい」と2018年1月に「KAWAII MONSTER CAFE」での初舞台に立ちました。

「私はコンプレックスの塊のような人間で、人前に出るような人間ではないと思っていました。だから体のラインや短くて太い足も服装で隠してきました。そんな私の踊りを見て、みんな笑顔になってくれました。ダンスをしている瞬間は『この身体でもいいんだ』と自分を肯定できます。ダンスのおかげで、コンプレックスだった身体を生かす方法があるんだと知りました。

こういった体だと、どうしても『かわいそう』って見られがちです。そんなネガティブなイメージを変えられるのは当事者しかない。小人症だって『こんなこともできるんだぞ、楽しく生きているよ』って、ポジティブな情報を発信したいと考えました。

美しく妖艶に踊ろうと心がけています。『私は美しいでしょ』って、どや顔です。なのに、体は小人です。このアンバランスさに滑稽さがあると考えています」

かつて〝小人プロレス〟というエンタメがありましたが、「彼らを見せ物にするのは失礼だ」という声もあり、衰退したとも言われています。こういった風潮に、ちびもえこさんは「負けてほしくない」と同士としてエールを送ります。

「自分たちがやりたくてやっていることに対して、それを不謹慎というのは違うのではないでしょうか。やっぱり、私たちのような存在を表舞台から隠したいんだろうなって思います。嫌なら見なきゃいいだけなのに」

今は会社の事務職として働きながら、月に一度のペースで、バーレスクダンサーとして活躍するちびもえこさん。インスタでも、積極的に発信しています。

「子どもが低身長で悩んでいる親が、私のインスタを見て、『勇気をもらいました』とメッセージを送ってくれました。私が人生を楽しんでいる姿を見て、少しでも子どもの将来に希望を見いだしてもらえたのなら、うれしいです」

＊

## 脱毛症を公表したアイドル

「脱毛症アイドルがいる！」。2019年2月、円形脱毛症の人たちがTwitter上でざわつきました。脱毛症はウィッグを使えば隠せる病気。なぜカミングアウトしたのか。ましてや、ファンの頭の中にある「理想像」に応えなければならないアイドルにもかかわらず……。私は会いに行きました。

待ち合わせの都内のカフェに向かうと、お団子ヘアの女性が席についていました。言われない限り、ウィッグだとは気づきません。女性は、pippi（ぴっぴ）さん。踊って歌える4人組グループ「エレクトリッククリボン」のメンバーです。首都圏を中心に、週に2～3度のペースで、ライブをしています。ぴっぴさんのキャラ設定は、ぴっぴ星からアイドルになるために地球にやってきた15歳。実際は島根県出身。実年齢が15歳でないことも、ファン公然の秘密です。

「ウィッグをとると、頭はつるつるです。今もステロイド注射を頭に打つ治療を受けています」

ブログで髪のない姿の写真を載せ、「昨年から『全身脱毛症』になっていたお話をしたいと思います」と記しました。

「アイドルとして、ファンに夢を見せる仕事をしています。だから、病気というリアルな告白に躊躇《ちゅうちょ》もありました。それでも、伝えたいと考えました」

カミングアウトするきっかけとなった出来事があったそうです。ウィッグをつけて、ライブでダンス中に転倒。ウィッグがずれてしまったため、すぐに起き上がれませんでした。ファンの人たちは「どうしたんだろう」と心配したそうです。踊ったり、ジャンプしたりすると、ウィッグがずれました。

「ずっと秘密にして、ライブ中のアクシデントでウィッグが外れて、髪のない頭が急にあらわになったら、それこそファンがショックを受けるだろうって。だから、先に公表しようと思いました」

脱毛症の女性がウィッグでおしゃれを楽しむ日々をつづったブログに、ぴっぴさん自身が勇気づけられたことも公表の理由でした。

「同じ症状の人に伝えたいとの思いもありました。髪の毛がなくてもオシャレを楽しめるよ、女の子を楽しめるよってメッセージを伝えれば、脱毛症に悩む女の子に元気を与えられるんじゃないかと」

ぴっぴさんのTwitterでブログを紹介すると、リツイートは1000を超えました。数多くのメッセージも寄せられました。

「ファンからは、『髪の毛があろうとなかろうと、ぴっぴは、ぴっぴ。応援しているよ』と言われました。中には、坊主頭にして「僕もぴっぴと同じだよ」と言ってくれるファンもいました。また、同じ病気の方からも『カミングアウトするなんてすごいです。一緒に頑張りましょう』とSNSにメッセージを頂きました。みなさんに勇気を与えられればと告白しましたが、こちらのほうが元気をもらいました」

売れないアイドルによる「売名行為だ」との批判もネットに書き込まれました。

「ファンと脱毛症の人に向けたメッセージのつもりで、大きな反響は想定していませんでした。ましてや売名のつもりはなかったんですが……」

## オシャレも、女の子も楽しむ

髪の毛が抜け始めたのは2017年12月。耳の後ろの毛が抜けていることに気づいたそうです。

「ツインテールをするときに『あれっ』って。実は私、それまでにも2回脱毛を経験しているんです。そのときはすぐに治ったので、今回も気楽に考えていました」

大学病院で冷却、投薬、注射と様々な治療を受けたものの効果はなし。髪の毛はどんどん抜けていったと言います。

「お風呂で髪の毛を洗うと、抜けた毛が手にバサッと絡みつき、『オヨヨ……』と焦りました。ツインテールをやめて髪を下ろしたり、ベレー帽をかぶったりして隠しましたが、8カ月後には全身の体毛が抜けてしまいました。

メンバーに症状の報告はしていましたが、ウィッグを外した姿を見せることはできませ

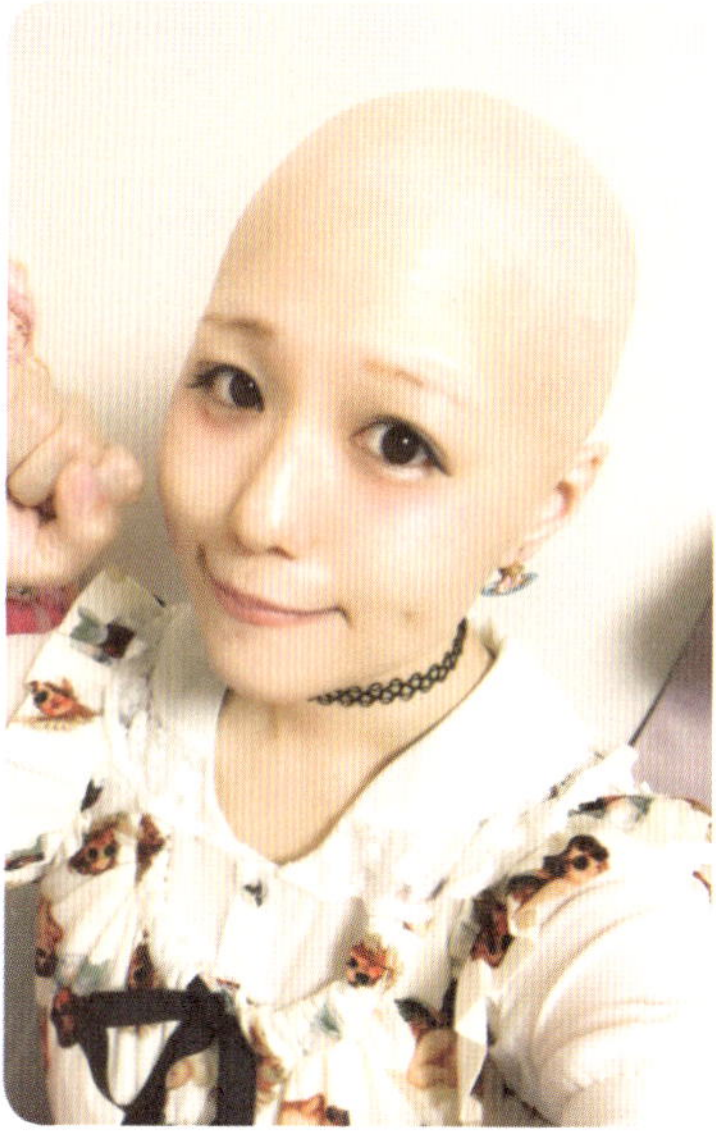

んでした。遠征のホテルも私だけ別の個室に泊まらせてもらいました。ただ周りには、つらいと口に出すことはありませんでした。悩みを表に出すのが苦手なんです。

当時は『髪は女のいのち』みたいな価値観が私の中にもあって、『女の子を卒業しないといけないのかな』『アイドルを続けるのも無理かな』って落ち込みました。外見はアイドルにとって重要な要素の一つですし……」

そんなぴっぴさんを救ったのが、ウィッグでした。

「ウィッグをかぶれば、オシャレを、そして女の子を楽しめることがわかったんです。すると、髪を失ったことは私にとって単に『髪の毛がないだけ』という意味に変わりました。女の子もアイドルもあきらめる必要はないと思えるようになりました。

髪のない自分の姿を鏡で見ると悲しい気持ちになっていたけど、今は『まん丸だなぁ』って思いながら、頭をなでるくらい気持ちに余裕があります。ただ、ウィッグを外してファンの前に立ったり、街を歩いたりできるほど割り切れているわけではありません。

つるつるの頭もオシャレのスタイルの一つとして自分を表現できればと考えています。つるつる頭に似合うメイクや服装を勉強したいですね」

髪の毛へのこだわりは、「今はない」と言います。「治療は続けていますし、髪の毛がまた生えたら私の代名詞だったツインテールにしたいとの思いもあります。

でも今は生えなくてもいいかな。髪がないことを個性の一つとして、ポジティブにとらえているので。今、10種類以上のウィッグを持っています。ウィッグを変えると、いろんな自分になることができるんです。黒髪もあれば、金髪もある。ショートもあるし、ロングもあるし、パーマもある。毎日違う自分を表現できるのが、とっても楽しいです」

「女性にはきれいな髪の毛があるべきだ」という見えない圧が弱まってくれればと、ぴっぴさんは願います。

「脱毛症の人がカミングアウトするかどうかは、本人の自由です。髪を失ったことを隠したほうが生きやすい人は、無理に告白なんてしなくていい。

でも本当はカミングアウトしたいけど、周りの目を気にしてできない人もいると思います。隠し続けるのも大変ですし、告白したいのにそれができないのは心も苦しいように思

えます。病気で髪の毛がない女の子がいることを知っている人が増えれば、脱毛症の人が生きやすくなれるかなと考えています。

当初はブログで公表したら、脱毛症の話をするのは終わりにしようと考えていましたが思わぬ反響を頂いたので、治療や髪の毛の状況をブログやSNSで伝えていきたいと考えています。同じ患者の方々とも知り合えたので、情報交換もしていきたいです。まだまだ知られていない病気だから、まずはみんなに知ってもらいたいです。

ただ、私の本業はアイドル。脱毛ネタ任せになってはいけないので、ダンスや歌といったアイドルとしてのパフォーマンスを上げる努力をしていかなきゃと考えています」

## 〈取材を終えて〉

取材した3人に共通していることは、「同じ疾患に悩む人たちに、外見に症状があっても楽しく生きられることを伝えたい」との信念でした。「病気でかわいそう」という固定概念を壊したいと、それぞれの表現方法で挑んでいました。

3人から僕が学んだこと。それは「変えられない症状を嘆くのではなく、自分ができることに注力して自分を成長させる」という姿勢です。僕の長男にもぜひ身につけてほしい生き方です。

けれども、症状を「個性」や「強み」ととらえることには、正直難しさを感じました。僕は今、長男の左右非対称になった表情を見ても、以前のように心がざわつくことはありません。そういう意味では、長男の症状を完全に受け入れていると胸を張って言えます。

ただ、それを「個性」として、とらえられるかどうかは葛藤があります。もし手術で普通の顔にできる選択肢があるなら、長男に手術を勧めるかもしれません。やはり、普通でない外見は生きる上でマイナスになりがちです。そんなしんどい個性なら「ないほうがいい」と考える人がいるのは当然です。「長男の笑顔の表情が、ゆがんでいてもいいじゃないか」。そう心から思えるようになれるのか。僕自身が問われていると感じています。

COLUMN

# アルビノを美しいって言っちゃダメ？

「アルビノになりたい！」。そんな憧れから髪の毛を真っ白にしたユーチューバーの動画が炎上しました。

アルビノを美しいって言ってはダメですか？　自らもアルビノで、アルビノと社会の関係性について研究している立教大学助教の矢吹康夫さん、39歳に尋ねました。

矢吹さんも髪色について「格好いいですね」と言われるそう。そんなとき、まんざらでもない気持ちになるけど「モヤモヤしてしまう」とのことです。

動画は2018年6月に配信されました。人気ユーチューバーのよききさんが「アルビノになりたい」と美容院で髪を白く脱色しました。「いじめや差別を受けている人もいるのに」と批判があった一方、「かわいそうと言うほうが失礼だ」と擁護する声も上がりました。

矢吹さんは、アルビノの人が自らを「美しい」と言うことは「かわいそうと見なされることへの対抗戦略」として否定しません。また「矢吹さん、格好いい」と個別に評価するのは、本人がそう言われることを望んでいるのであれば問題ないと言います。

ただ、アルビノであるがゆえの苦労話を語っている途中で、「でも、きれいじゃん！」と言われると釈然としないと言います。「でも」という逆接の接続語で、苦労話が打ち消されてしまうからです。

矢吹さんは言います。「いろいろ大変な思いをしていることに目を向けず、『アルビノ＝美しい』と一般化されると、アルビノであることに悩むこと自体、否定されてしまいます。美しいという役割を課し、大変さを語りにくくさせるなら、それは『感動ポルノ』と同じです」

僕も取材を通して感じていることですが、アルビノの人々も多様です。アルビノであることを前向きにとらえている人もいれば、生きづらさを感じている人もいます。差別体験についても人それぞれ。白い外見への受け止め方も違っており、「美しい」と言われて、うれしい人もいれば嫌な人もいると思います。「アルビノ＝美しい」と一般化して語るのは無理があると、僕も思います。

では、目の前にいるアルビノの人を「きれいだ」と思ったとき、どうやって伝えればいいでしょうか。

「こんなに美しいのに、なぜ差別されるんでしょうかね」。矢吹さんなら、そう言うそうです。

第６章

# 視線という暴力

## 当事者の気持ちを感じたい

「顔に赤いペンキを塗って街を歩けますか」

顔にアザのある男性が発したこの言葉が、僕の心にずっと引っかかっていました。当事者の痛みを、頭では理解していても体感していない僕に投げかけられたと感じたためです。

一つの案を思いつきました。僕が顔にアザのメイクをして、街を歩くこと。アザのある顔を疑似体験することで「視線の暴力」についてもっと知ることができるのではないか。当事者たちの気持ちを感じることができるのではないか。

もちろん、顔にアザのメイクをしたところで、しかも短時間だけ街を歩いたところで、当事者の本当の思いを理解できると考えるのは、おこがましいでしょう。僕がメイクをすることに、当事者が不快な思いをしたり、「不謹慎だ」と批判を受けたりする恐れもあります。

それでもやってみることで、見えてくることもあるのではないか。ありとあらゆる方法で理解しようとすることが、取材者として誠実な対応ではないだろうか。迷う中、数人の当事者に相談すると、「確かに、賛否は分かれるでしょう。それでも、やってみてはどうでしょうか。どうせやるなら中途半端ではなく、リアルにやって下さい」と背中を押されました。

NPO法人「マイフェイス・マイスタイル」監修のもと、映画などの特殊メイクが専門のメイクアップアーティスト・向井伸貴さんに赤アザを再現してもらい、街へ出ることにしました。

＊

## 列車の中で感じる視線

2019年2月中旬の休日、東京都墨田区のマイフェイス・マイスタイルの事務所でメイクは始まりました。向井さんが手際よく、僕の顔にメイクしていきます。少しずつ、少しずつ、1時間半かけ、僕の顔に赤アザが描かれていきました。

色だけでなく、肌の隆起までリアルに表現していきました。マイフェイス・マイスタイ

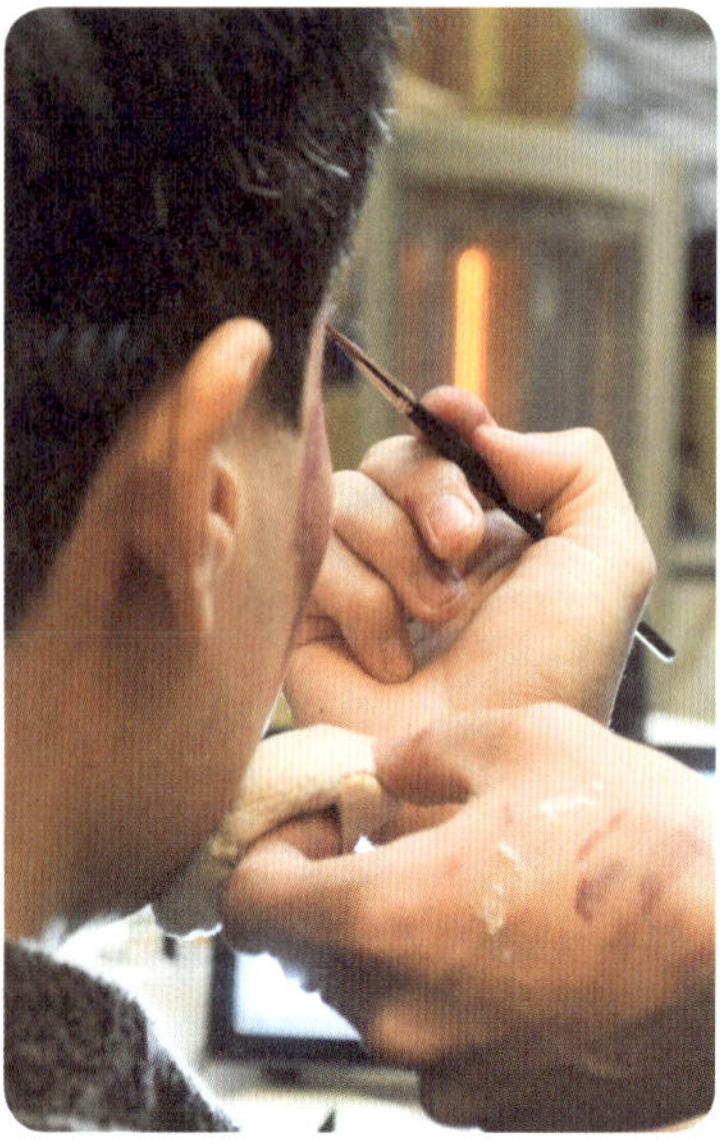

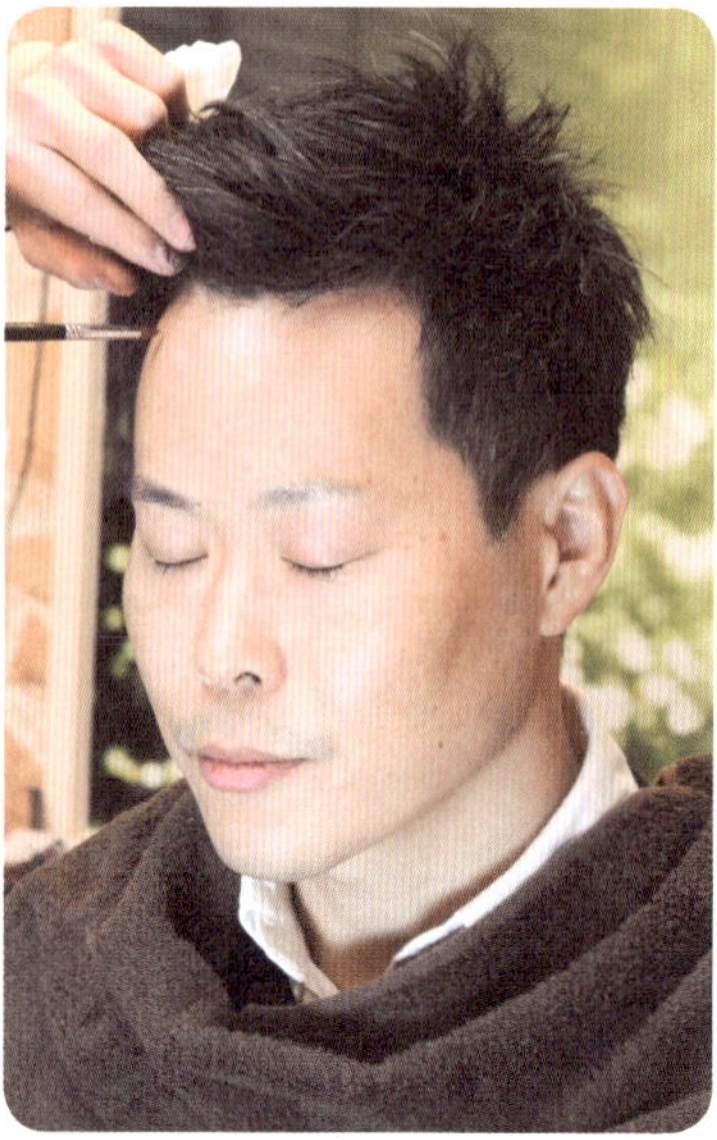

ルの外川浩子代表が「ぱっと見では、メイクとはわからない精巧さです」と感心するほどです。
メイク中、同席していた同僚が「見ているだけで緊張してくる。私がメイクをされたら、ジロジロ見られるのが怖くて外に出られないかも」と話しました。僕はというと、メイク中も終了後も心に動きはありませんでした。すごい技術だなぁと思った程度です。事務所にいるのは知り合いばかり。まだまだ余裕がありました。
しかし、外に足を踏み出すと、気持ちが揺れ動きました。「人に好奇な目で見られるんじゃないか」という不安です。少し離れた場所にいたガードマンが僕のほうを向きまし

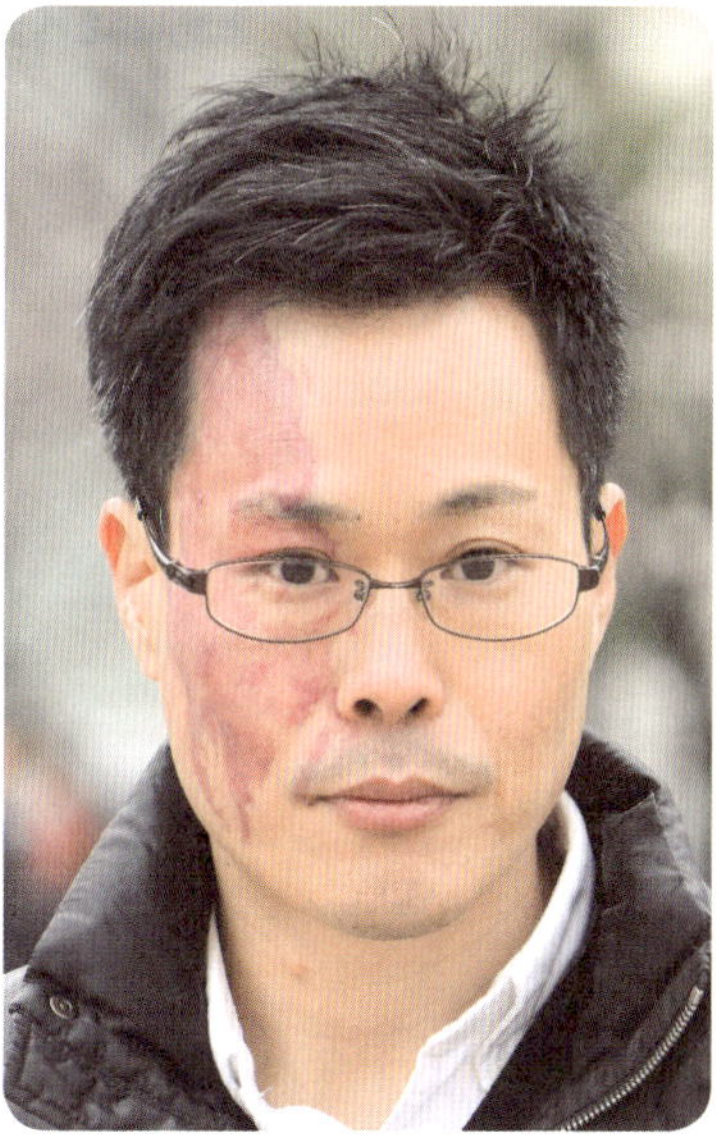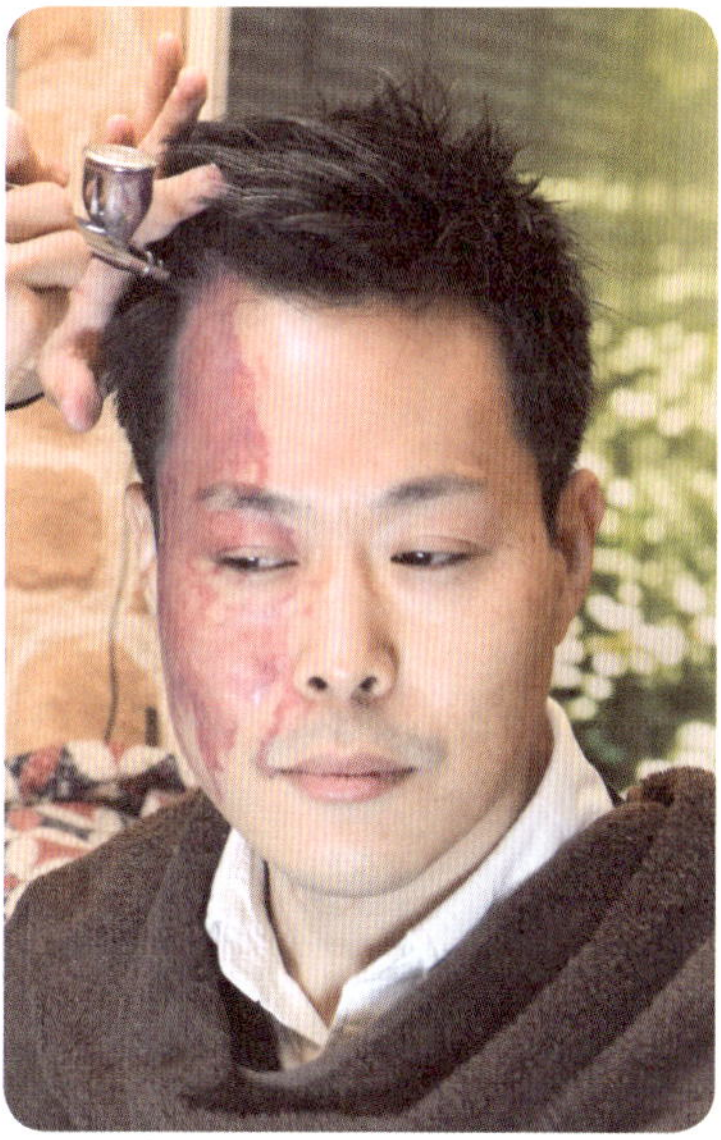

た。「ひょっとして、アザが気になったのか」と考えてしまいました。

「赤アザ」のある僕は、外川さんとともに、地下鉄に乗り込みました。当事者の多くから「列車の中が特に見られる」と聞いていただけに、緊張しました。

でも、ほとんどの人が下を向いていることに気づきました。手元のスマートフォンを見ているためです。リンパ管腫で顔が膨れあがっている男性が「スマホのおかげで、生きやすくなりました」と語っていたことを思い出しました。

目の前の席に座る中年の男性が、ふとスマホから目を上げて、僕の顔を見ました。目が合うと、さっとスマホに顔を戻します。直後に外川さんが「ドア付近で立っている女の子、見ているよ」と声をかけてくれました。3、4歳の子でしょうか。僕の顔が気になるのか、何度もこちらに視線を向けます。

## 逃げるように立ち去った女性たち

墨田区内のある駅に降りて、人混みを歩きます。目的地は公園です。「反応が素直な子どもが苦手」という当事者が多いためです。

公園へ向かう数百メートル、すれ違う人の大半が僕の顔には気づいていないようです。歩くとき、他人の顔には、さほど注意はいかないものなのかもしれません。ただ、僕の顔に気づいた人たちの中には、数秒間、目線で僕の顔を追いかける人も。視線が僕の体にまとわりつくような感覚に、アルビノの神原由佳さんが「見られていることを肌で感じる」と言っていた意味が、少しわかりました。

公園に到着。子どもと一緒に来た親たちに交ざって、遊具のそばに20分ほど立っていました。

遊具で遊んでいる小学校低学年の女の子と目が合いました。僕の顔をまじまじと見ながら、遊具の階段を上っていきます。そして、隣にいた友だちの肩をたたき、僕に向け指をさしました。女の子は手のひらで自分のほおを2回たたきました。声は聞こえませんでしたが、そのしぐさに僕は眉をひそめました。女の子が「ねぇねぇ見て。あそこに、顔が赤い人がいるよ」と友だちに伝えたのだろうと感じ、いい気持ちがしませんでした。

アザのある人が子どもを連れて公園に遊びに来たら、こうした反応を受けるのは日常茶飯事なのでしょう。子どもが見慣れぬものに好奇心を持つのは仕方ないかもしれませんが、好奇を向けられる当事者は、ストレスを感じるだろうと思います。

次に、公園内を歩いている人たちに道を尋ねてみました。海外の研究で「見た目に症状がある人は、人に親切にされない傾向がある」という結果があるためです。実際、当事者の中にも「私とかかわりたくないことを態度で示す人はいる」と語った人がいます。

1時間で10人ほどに声をかけましたが、大半の人が丁寧に対応してくれました。道を教えてくれた2人組の男性に、「僕の顔を見て、どう思いましたか?」と尋ねました。男性の一人は「大きなやけどの痕かと思ってびっくりしました。言ってしまえば、普通じゃないので。だから、紫っぽい顔が見えて、思わず視線がいってしまいました。ただ、見ちゃダメって思いもあったので、見ないふりをして見ました」。

もう一人の男性も「特徴があるので、目が向いてしまいました。声をかけられて、ご本人も気にしているところだと思うので、失礼のないように対応しようと思いました」と話しました。

同じような症状のある人に出会ったことがあるという人もいました。高齢の女性は「私が子どものころ、先生の顔にアザがありました。だから気になりませんでした」。

声をかけた中には、僕の顔を見て、逃げるように去っていった若い女性2人組もいました。もちろん、知らない男性に声をかけられてびっくりしただけで、アザは関係なかったかもしれません。ただ、僕の中では、「冷たい対応をされたのは、ひょっとしたらアザが原因では？」との思いがよぎりました。他人に道を尋ねて断られた経験がなかっただけに、少しショックでした。

「被害妄想かもしれないけど、人から冷たくされると、症状のせいかもしれないと考えてしまう自分がいました」と僕に語った当事者の言葉が思い出されました。マイフェイス・マイスタイルの外川さんは「子どものころにいじめや差別を受けたことによって、他人の言動を自分の見た目と関連づけて意味づけしてしまう場合がある」と説明してくれました。

公園周辺に2時間ほど滞在した後、僕は外川さんと離れ一人で電車に乗り、新宿を歩き回り、百貨店やカフェに立ち寄り、夜に帰路につきました。電車の中で、いったん視線をそらして、また見る男性がいたので声をかけると、「見ていませんよ。自意識過剰でしょう」と叱られました。この男性の言う通り、僕の勘違いだったかもしれません。ただ、「他者の視線に非常に敏感になってしまう」という当事者の言葉が腑《ふ》に落ちました。

家に着くと、この日の取材を知らない8歳の長男と4歳の次男は、「どうしたの？やけどしたの？」と心配してくれました。「どう感じる？」と尋ねると、2人は「怖い」と言いました。それに対し、僕は「病気でこういう人もいるんだよ。見た目だけで好き嫌いを判断せず、仲良くしような」と子どもたちに伝えました。

僕は普段から、「いろんな見た目の人がいるんだ」と家で話しているので、長男は「髪の毛が生まれつき白い人（アルビノ）もいるもんね」と納得している様子でした。

メイク落としを妻に借り、洗面所で10分かけてアザメイクを落としていきました。アザのない素顔を鏡で見つめると、緊張が解けているのがわかりました。

＊

## 「人造人間」と言われて

アザメイクの出発点となった「顔に赤いペンキを塗って街を歩けますか」との言葉を発したのが、石井政之《まさゆき》さん、53歳です。石井さんは顔の右側に、大きな赤アザがあります。単純性血管腫です。

アザメイクをしたあとに感じたことを僕が報告すると、石井さんは次のように語りました。

「当事者の気持ちを知るために、ペンキを塗って歩いたらどうかと言い続けて20年。ようやく実行してくれた人が出たのはうれしい。でも、岩井さんのような人格が完成されたおっさんがやっても、そりゃ心が大きく揺れることはないでしょう。思春期の子や若い女性がアザメイクしたら、全然違うレポートになったでしょうね。

場所も公園や街頭だけではなく、婚活パーティーとか見た目が重視されるところに潜入してほしかった。どれだけ異性に相手にされないか、はっきりとわかるから」

石井さん自身も子ども時代は、視線に苦しめられました。

「小学校時代のあだ名は、『人造人間キカイダー』。当時放送されていた特撮ヒーロー番組のキャラクターです。中学生のときには街で、通りすがりの女性に、『もし私があんな顔なら死ぬわ』と言われました。他人の視線が顔面に突き刺さって痛い、という感覚。これは体験した人しかわからない。思春期に、異性に興味を抱いても、私は恋愛対象になりませんでした。それどころか、汚いものを見るような視線が向けられました。若い子は本音で生きているから、もろに表情に出します。

当時、強烈にひとりぼっちでした。でも『悪いのは僕じゃない。悪いのは世の中だ』と考えていました。見られたら、にらみ返しました。顔にアザのある私は、この社会で生きることを許されているのだろうかという根源的な不安があり、私を否定する社会のまなざしに抵抗したいとの思いがありました。

こうした原体験は、大人になっても大きな影響を与えるんですよ。私の場合は、女性、特に若い女性に対する苦手意識がとても強い。中には、子ども時代の経験が強いトラウマになって人間不信になり、まったく社会参加できない人もいます」

## 外見の差別で人は死ぬ

石井さんは、外見に症状がある人が差別されることを、大きな社会問題として初めて告発した人物です。１９９９年には、当事者の自助組織「ユニークフェイス」（後にＮＰＯ法人化）を立ち上げました。

「私はもともと、フリージャーナリストでした。団体を立ち上げる前、自らの差別体験を描いた著書『顔面漂流記』を出版すると、大きな反響があり、段ボール2箱分の手紙が届きました。手紙には、いじめを受けた告白など壮絶な体験が記されており、これは大きな社会問題だと気づかされました。中には、自殺した子の親からも手紙が来ました。

顔の差別で人は死にます。普通の外見でも、いじめられる子がいる世の中で、顔が普通と違えば格好のいじめの対象になる事実があります。この問題に本気で取り組もうと、団

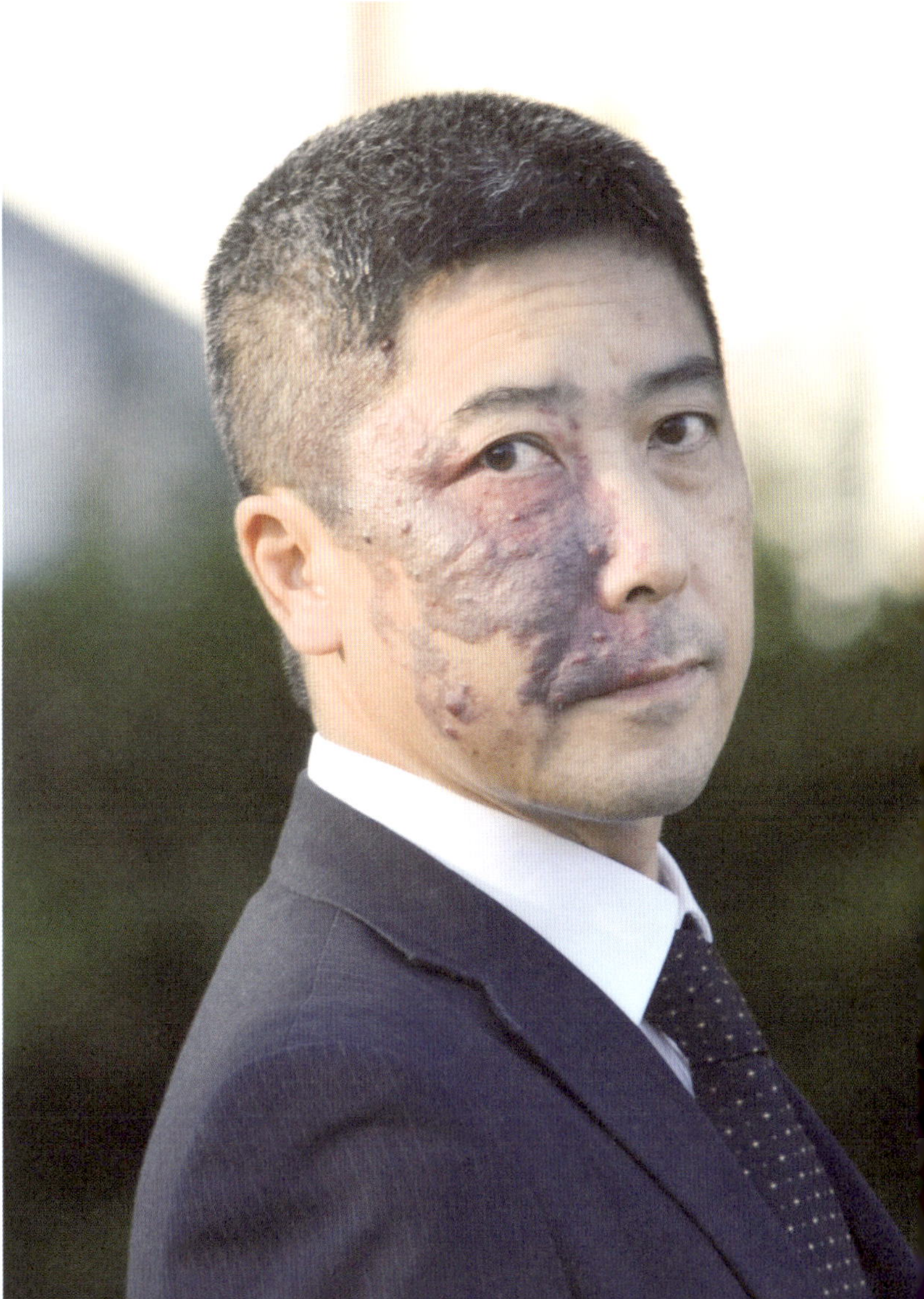

体を立ち上げました。

団体名となった『ユニークフェイス』は『固有の顔』という意味で、当事者を指す言葉でもあります。当時、容貌差別を世に知らしめた初の団体として、全国的に注目されました。会員は300人を超えました」

ユニークフェイスは、当事者が悩みを語り合う交流会や、アザや傷を隠すメイク勉強会などを開催。講演やメディアを通し、顔への差別を巡る問題を訴えました。

「講演を聴いた人から、『見た目の悩みなんて、たいした問題ではない。大切なのは、顔よりも心だ』と言われることがありました。

私は聞き返しました。『では、顔半分にペンキを塗って街を歩けますか？　もし娘さんの顔に大きなアザがあったら同じ言葉を言えますか？　もし配偶者にアザがあったら結婚していましたか？』。自分事として考えたとき、問題の深刻さがわかります。

アザはメイクで隠せるから、問題ないと言う人もいます。でも、セックスするとき、どうするんですか？　友人と温泉旅行に行くときは？　そこまで突っ込んで議論せず、『問題ない』とは言ってほしくありません。メイクで隠せたとしても、自己肯定感に大きくかかわる問題です。

ユニークフェイスの人たちは、外見が普通とは違うがゆえに、『学校でのいじめ』『就職差別』『恋愛・結婚できない』という三つの困難に直面します。コンプレックスを抱いている人が多く、三つすべてをクリアできる人は、なかなかいない」

ユニークフェイス活動の傍ら、石井さんはフリージャーナリストとして当時、多くの著書を出版しました。本の中では、現代を「見た目依存の時代」と位置づけ、警笛を鳴らしました。

「美しいことは善いことだという価値観を信じ、美や若さを追求する社会のありようを検証し、批判してきました。社会には『見た目がよくないと幸福になれない』との暗黙の了解があります。

このような風潮だと、美しくなるために努力していない人たちが、差別されてしまう恐れがあります。ましてや、私のような外見にハンディキャップがある人は、とても生きづらい。

若さや美を求める傾向はエスカレートしていると思います。SNSに『いいね！』を

もらうために、人々は見栄えを気にする。美容整形は安価になったため若者にも広がり、高齢者はアンチエイジングにひた走っています。

こうした価値観を無批判に受け入れるのではなく、立ち止まって考えてほしい。『若さと美しさを保たなければならない』と誰かに思い込まされているのではないか。社会の価値観を疑ってほしい」

## 当事者たちにサバイバル術を伝えたい

新しい人権を世に訴え、注目を浴びたユニークフェイスの活動は長くは続きませんでした。2007年、石井さんは結婚を機に

カモフラージュメイクを施した石井さん

静岡県の会社に就職し、活動からは身をひきました。このため、ユニークフェイスの活動は滞り、2015年には、NPO法人解散を公表しました。

「人材も運営資金もギリギリで、身も心もすり減っていました。そんなとき、自分には縁がないと思っていた結婚をしました。家族を養うため、収入が不安定なフリージャーナリストをやめ、静岡県の一般企業に就職しました。活動から逃げてしまったという後ろめたさもありましたが、当時の判断は間違っていなかったと考えています。

ユニークフェイスの活動を振り返ると、『社会への問題提起』には成功したと思います。それまで私たちの存在は社会的に認知されていなかった。そんな中で、活動を通し、自分たちの存在を世の中にアピールはできました。でも、苦しんでいる当事者を救うまでには至りませんでした」

２０１８年、石井さんはユニークフェイスの活動を再開しました。２０１１年に移り住んだ愛知県豊橋市で、月に一度のペースで、交流会を開催しました。それにしても、11年の時を経て、なぜ活動を再開したのでしょうか？

「ユニークフェイス活動の半ばで身を引いてしまった後悔がずっとありました。もう一度、苦しんでいる人に寄り添いたいと思いました」

新たな活動では、顔に疾患がある人たちに、生きるための戦略（サバイバル術）を継承したいと言います。

「当事者の中には、社会から『そんな顔では、結婚も就職もできない』とのメッセージを受け続け、それが真実だと信じている人もいます。一方、自由で幸せな人生を送っている当事者もいます。私も私なりの人生を歩んできました。交流会やネットでの情報発信を通し、当事者が生き残るためのサバイバル術を伝えていきたいと考えています。

差別を受けた当事者の対応にも個人差があります。パニックになる人、にらみ返す人、笑顔でかわす人、無視する人、ストレスをため込む人、友人に相談して気持ちを楽にする人、家族が抗議してくれる人。千差万別です。ただ、対処の仕方がうまいか下手で、生きやすさが変わってきます。

もちろん、外見に症状がある人への差別は社会問題です。しかし、社会が変わるのを待っていても、当事者は傷つくばかりです。私たち当事者はサバイバルスキルを身につけなければいけません」

石井さんは離婚をきっかけに、2019年に神奈川県に引っ越し、生活拠点を移しました。もう一度ユニークフェイス活動に本腰を入れようと考えています。

「今、外見の症状を『個性』として前向きにとらえ、SNSやメディアを通して世の中に発信する若者が増えているのはとてもいいことだと思います。それは、悩んでいる当事者を励ますことになる。

ただ、ユニークフェイス活動を当事者運動としてとらえたとき、世の中に顔と実名を公表して、『私たちは差別を受けているんだ』と抗議する声が、まだまだ足りない。もちろん、メンタルにダメージを受けた人が表に出るのは簡単ではありません。それでも、社会を変えるには、差別を受ける側が声をあげていかなければなりません。それが障害者や性的少数者などほかの当事者運動が教える教訓です」

＊

## 「他者の視線」を疑似体験

今、当事者がぶつかる「見た目問題」の解決を目指しているのが、NPO法人「マイフェイス・マイスタイル」の外川浩子代表、51歳です。

外川さん自身には外見に症状があるわけではありません。支援にかかわるきっかけは、当事者が感じる「他者の視線」を疑似体験したことでした。

「20代後半に付き合っていた男性が、顔の下半分に皮膚移植の痕がありました。赤ちゃんのころのやけどが原因です。並んで歩いていると、ジロジロ見られ、『あの顔見た？』と話す声が聞こえてきました。

ショックを受けました。彼は『仕方ないでしょ。芸能人が歩いていたら見るよね』と言っていましたが、私は納得できませんでした」

そんな体験がきっかけになり、当事者の自助組織ユニークフェイスに参加。事務局長を務めた後、弟の外川正行《まさゆき》さんと2006年にマイフェイス・マイスタイル（2011年にNPO法人化）を立ち上げました。

「当事者と非当事者の橋渡しになろうと考えました。非当事者が当事者と出会ったとき、どういう対応をとればいいのかわからないと思います。一方で、当事者は『なぜ私たちの気持ちを非当事者の人たちはわかってくれないのだろう』との思いがあります。双方の溝を埋めることが大事だと考えました」

写真展や交流会、学校や企業での講演、ネットでの情報発信、メディアへの出演、取材の協力など、様々な取り組みを続けています。

「今は、10〜20代の若手の当事者を対象にした交流会と、当事者の親を対象にしたパパママセミナーを継続的に開いています。

若手交流会には関東圏だけでなく、愛知や和歌山、宮城など遠方からも参加がありました。特に地方は患者会も少なく、自分以外の当事者を知らずに孤立しがちです。友人や家族にも自分の症状を話す機会もあまりないようです。腹を割って見た目について話したい、共感してもらいたいと思っている人が多いです。

ただ、私たちに連絡できず、ただただ悩んでいる人たちもたくさんいると思います。そうした人たちに、少しでもほっとしてもらえるような情報を伝えていければと思っています」

## 自分らしい顔で、自分らしい生き方を

2018年6月には、見た目問題への公的支援を求める陳情書を、地元の東京都墨田区議会に提出。本会議にて全会一致で採択され、区議会は就職差別禁止などの施策を求める意見書を国に提出しました。

「外見の症状は、多くが治療の緊急性がなく、機能的な障害もないため、福祉的なサポートがありません。たとえば、円形脱毛症で髪の毛を失った人は、自腹で30万〜40万円のカツラを数年おきに買いかえています。今回の私たちの政策提言は、小さな一歩です。今後、ほかの自治体にこの動きを広げていきたいと考えています」

たくさんの当事者と出会い、外川さん自身に学びがあると言います。

「当事者の中には、他人の評価に振り回されない人がいます。自分とは何者かを掘り下げて考えていて、自分の評価軸を持っています。子どものころから、見た目でマイナスの評価を受けてきたので、他人の評価を気にしていたら生きていけないという面もあると思います」

では、街で外見に症状がある人たちと出会ったとき、私たちはどうすればいいのでしょうか。外川さんは言います。

「はじめて当事者に会ったら、『どうしたんだろう』と思わず見てしまうと思います。そのことを仕方ないととらえる当事者もいます。ただ、そうした人と街ですれ違い、驚いて見てしまったら、当事者の多くが視線を感じ取っていることを思い出してもらえれば。

そして頭の片隅でいいので、世の中にはいろんな外見の人がいるんだと覚えておいてほしいです」

また、子どもが「あの顔見て」と過剰な反応をすることがあります。外川さんは、親の対処法を次のように指摘します。

「つい『見ちゃダメ！』と言ってしまいがちですよね。でも、そうされると当事者が傷つくだけでなく、子どもにネガティブなイメージを与えてしまいます。しかりつけるのではなく、『世の中にはいろんな人がいるね。いろんな人と仲良くしようね』と笑顔で対応してほしいです」

最後に、マイフェイス・マイスタイルが目指す理想の社会を尋ねました。

「見た目に症状がある人が自分らしく、無理に頑張らなくても、楽しく暮らせる社会です。そんな環境をつくれるよう、今後も活動していきます。外見が人と違っても生きやすい社会は、誰もが自分らしい顔で、自分らしい生き方ができる社会だと思います」

## 〈取材を終えて〉

顔にアザのメイクをして、僕が街を歩いたのは、わずか5時間ほどです。シチュエーションや、都市部か地方かによっても、人々の対応は変わるでしょう。それでも僕は見られる恐怖心を抱き、実際に視線を浴びればイライラしました。

しかし、当事者の痛みを十分に感じたわけではありませんでした。視線を受けても「素顔の僕に向けられたものではない」との気持ちがどこかにありました。僕にとってアザはメイクであり、顔を洗えば、アザのない顔に戻るためです。あくまで仮の姿に過ぎませんでした。

取材の中で、僕が道を尋ねた高齢の女性が「かつて先生に同じようなアザがあったから気にならなかった」と言っていたのが印象的でした。取材に同席した同僚も、「時間が経つにつれ、アザのある顔に慣れてきた」と語りました。確かに、初めて当事者を見れば驚くかも知れませんが、顔には慣れるのではないでしょうか。いろんな見た目の人がいることを、私たちが知ることが、当事者が生きやすい社会になる第一歩になるのだろうと、感じました。

見た目問題の解決に向けてコツコツと取り組んでいるマイフェイス・マイスタイルに期待したいのは、政策提言です。外見に症状がある人への公的支援はほとんどありません。国や自治体の政策課題として、まだまだ注目されていません。その点、マイフェイス・マイスタイルが墨田区議会に、公的支援を求める陳情書を出したのは画期的な動きでした。この動きをほかの自治体、そして全国へと広げていってもらいたいと思います。

「当事者と、どう接すればいいのだろう」。そんな思いを抱く人もいるでしょう。一つのヒントとなるのが「好意的な無関心」です。ある当事者から聞いた言葉です。僕なりに解釈するなら「好奇の視線を向けない。でも無視はしない」という姿勢です。難しく考えず、普通に接すればいいのではないでしょうか。

もしプライベートでの付き合いや仕事の取引先に当事者の人がいて、その人の顔が気になるなら、本人に思い切って聞いてみるのも一つの手だと思います。実際、「聞いてほしい」と考えている当事者もいます。ただ、症状に触れてほしくない人がいるのも確か。コミュニケーションを取りながら、どちらのタイプなのか見極めるしかありません。「失礼かも知れませんが……」と聞き方さえ間違えなければ、大きな問題は起こらないと思います。

いずれにせよ明確な答えはありません。相手のタイプや状況に応じて、自分なりのやり方を考えるしかありません。これは相手の外見に症状があろうがなかろうが、他人と関係を深める上で大事なことだと思います。

最終章

# この子の見た目を愛するということ

## 当事者の親はどう向き合っている？

２０１７年の春、僕のＳＮＳに、一通のメッセージが届きました。

「私の息子は1歳3カ月です。顔の左側の神経がなく、笑ったり泣いたりすると表情が左右非対称になります。岩井さんの息子さんと同じ疾患かと思い、連絡させて頂きました」

僕が長男の疾患について書いた記事を読んだ女性からでした。「同じ疾患の子を持つ親とつながりたい」と、女性が病院や自治体、保健所に問い合わせても情報はゼロだったそうです。

僕が返信すると、女性は「合併症や息子の将来が心配です」「息子の顔のことを他人に指摘されると、胸が締め付けられます」との思いを吐露しました。僕は女性の気持ちがわかりました。患者会も存在していないような珍しい疾患の場合、情報が不足し、相談先もありません。

外見に症状がある子どもの親は、不安の中、子育てをしています。

２０１８年夏、トリーチャーコリンズ症候群の10歳の少年オギーを描いたアメリカ映画「ワンダー　君は太陽」が全国で上映されました。オギーは学校で好奇の目にさらされ孤立しますが、家族に支えられ、なんとか学校に通います。周りの子どもたちもオギーの人柄にひかれていくというストーリーです。

映画の中で、オギーは母親に「どうして僕は醜いの?」と詰め寄ります。それに対し、母親は「顔は人の過去を示す地図。あなたは絶対に醜くないわ」と答えます。僕は、この映画を見て、こんな親になれたらと感じました。

当事者の親は、子の疾患にどのように向き合い、育てているのでしょうか。子どもが自分の顔に疑問を抱いたとき、どのように説明しているのでしょうか。

もし親が子どもの外見を「醜い」と思っていれば、子どもも同じように考えるようになってしまうかもしれません。逆に、映画の母親のように、前向きな言葉をかけてやることができれば、勇気を与えることができるかもしれません。

当事者の親を訪ねました。

＊

# 「ちゃんと生んであげられなくてゴメン」

「あれ、左目が開かない」

２０００年の夏、神奈川県の看護師、大場美津子《おおばみつこ》さんは、次男の基輝《もとき》くんを生んだ2日後に、基輝くんの目の異変に気づきました。当時33歳。大場さんと眼瞼《がんけん》下垂との長い付き合いの始まりでした。

先天性眼瞼下垂は生まれつき、まぶたを持ち上げるための筋肉が弱い病気です。手術によって見た目は改善できます。ただ治療をしないと、常にまぶたが下がった状態で眠たそうに見え、弱視になる恐れもあります。

異変に気づいた大場さんは医者に相談しました。

「医師からは『そのうち開くから』と言われるだけで、原因がわからず、脳に何らかの障害があるのではないかと悪い方に考えました。生後1カ月のときに小児科医から『眼瞼下垂の疑い』と言われました。初めて聞く病名。生後4カ月で正式に診断されました。まぶたが下がる原因がわかり、ほっとしました。

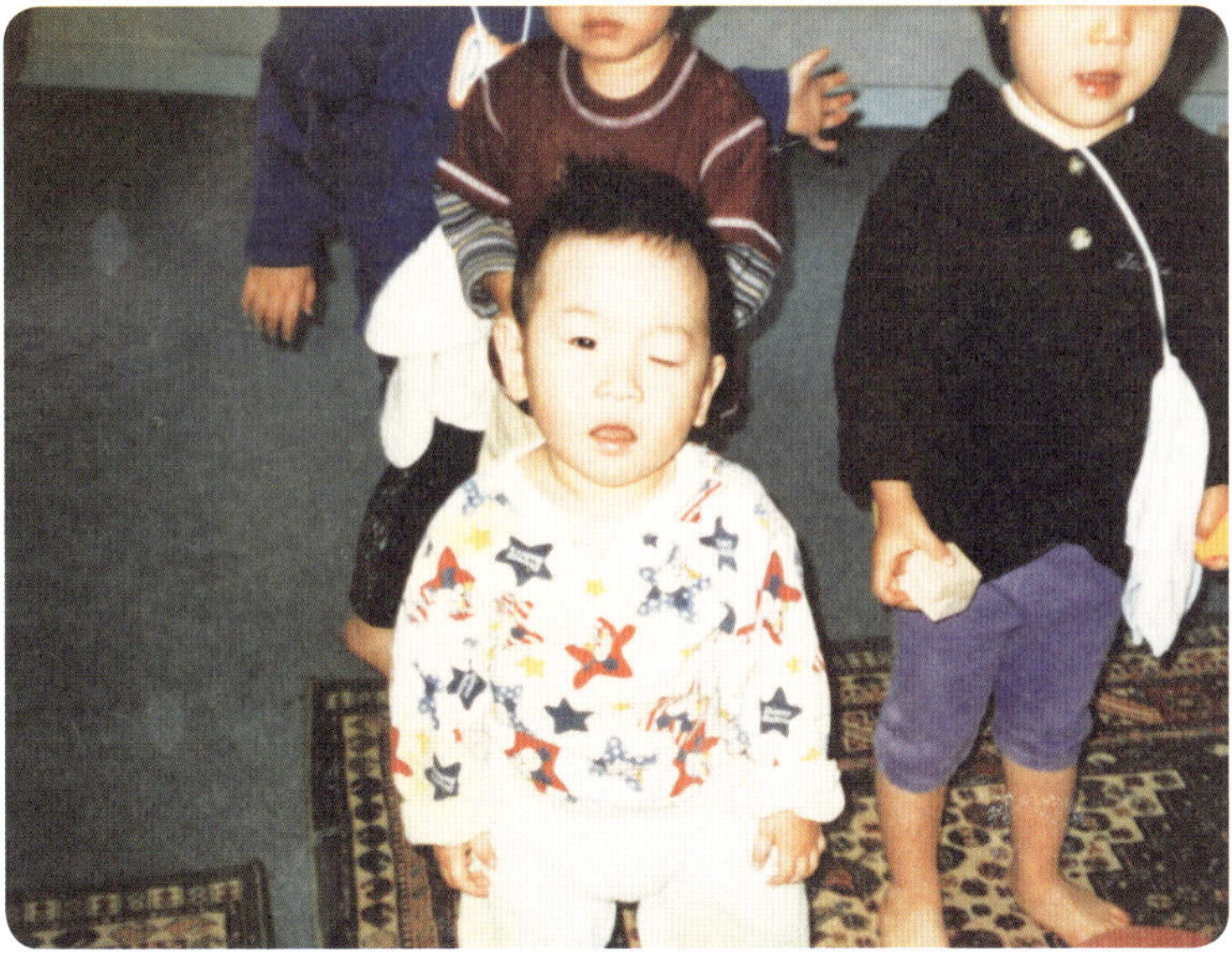

上・1歳ごろの基輝くん

ただ、ネットで調べても、どの病院に治療の実績があるかなどの必要な情報がありませんでした。看護師の私でもわからないことばかりで不安になるのだから、そうでない人はもっと困るに違いない。そう思って、眼瞼下垂の基本的な情報や次男の様子をネットで発信するようになりました。

すると、同じ症状の子どもの親から相談や情報提供が寄せられるようになりました。私だけじゃないと思うと、すごく安心できました。

ただ、私は基輝の目を最初は受け入れることができませんでした。まぶたが下がった基輝を見続けるのがつらくて……。外出先で『左目は眠そうだね』とか『蚊に刺されちゃったの？』と言われるたび、ちゃんと生んであげられなくてゴメンねと思い、自分を責めました」

手術をすれば改善できる病気だとわかると、大場さんは「この子のために、100％完璧な目を手に入れることができるのでは」と期待しました。基輝くんが2歳8カ月のとき、手術を受けました。

「手術は成功でした。でも、多少の左右差が残りました。正常だった右目にあわせて、左目も奥二重にしてもらいましたが、時間がたつと左目が一重になってしまいました。100%健常な目を求めていた私は落ち込みました」

大場さんはネットを通して知り合った親たちと実際に会うようになります。「年に2〜3回のペースで、お互いの悩みを打ち明けたり、治療の情報交換をしたり。中には、手術後に、まばたきのタイミングが左右であわない子もいました。そうした話を聞くうちに、完璧な目を求めるのではなく、多少の違和感は受け入れようと思えるようになりました」

## 親に悩みを打ち明けることの難しさ

「親を恨んでいる」と語る当事者からの相談もあり、ショックを受けたと言います。

「眼瞼下垂の話題が、タブーになっている家族で育った当事者は苦しそうでした。眼瞼下垂について口にすると、親が嫌がるから相談ができないとの訴えでした。ある当事者は過去に手術をしたけど、見た目にまだ違和感があり、再手術を受けたいと考えていました。でも、親としては完治したものとして過去の話になっており、思いを伝えることができないでいたのです。

そんな相談をたくさん受けてきたので、私は眼瞼下垂の話を家族でオープンに語るようにしていました。基輝が10歳のとき、『僕がいじめられるのは、眼瞼下垂のせいかな？』って聞いてきたことがあります。『いじめられているの？』と聞くと、『ちょっと聞いただけだよ』と去っていきました。心配になって学校に聞いてみると、いじめはないようでした。でも、基輝が自分の見た目を気にしていることが伝わりました。

基輝が中学1年生のとき、左目を二重にする手術をしました。『やりたい』という本人の意思を尊重しました。手術後、左右差はほぼなくなりました」

眼瞼下垂の患者や親との交流を続けてきた大場さんは、ＮＰＯ法人『眼瞼下垂の会』を２０１１年に立ち上げます。会員は１２０～１５０人で推移し、交流会も全国各地で開いています。基輝くんも、交流会を手伝ってくれています。

「基輝が高校生のとき、交流会の場で、自らの経験を話す機会がありました。その中で、私も知らなかった基輝の思いが聞けました。中学生のとき、一時的に不登校になったのですが、基輝が『そのころ、人間関係がうまくいかないのは眼瞼下垂のせいだと思っていた』

と語っていたのが印象に残っています。

　再手術して、見た目について基輝はもう気にしていないと私は思っていました。でも、本人にとって眼瞼下垂は大きな意味があって、そのせいで差別を受けたり、いじめられたりしたと受け止めていたのかもしれません。家族で眼瞼下垂の話題をタブーにはしてこなかったつもりですが、中学生や高校生という思春期に、親に悩みを打ち明けるのはやっぱり難しかったのだろうと思います。

　今、基輝は大学生です。眼瞼下垂についても吹っ切れたようで、そういう意味で基輝は見た目問題からは卒業したと言えるでしょう。ＮＰＯの活動は、基輝が私に与えてくれたライフワークだと考えています。これからも眼瞼下垂の子や、親たちがほっとできるような場づくりをしていきます」

＊

## 子の顔にメスを入れることへの葛藤

２０１８年春、東京都内に当事者の子を持つ家族６組が集まりました。ＮＰＯ法人「マイフェイス・マイスタイル」が開いている交流会「パパママセミナー」です。

「ショッピングセンターで子ども用の遊び場にいたら、数人の子どもが娘の顔を見て後ずさりしました」

交流会で、こう体験を語ったのが都内に暮らす池上さん夫妻です。母親の日登美《ひとみ》さんの腕に抱かれた明日香《あすか》ちゃんの顔の左側には、大きな黒アザがあります。巨大色素性母斑という疾患です。

明日香ちゃんは、２０１７年の夏に生まれました。日登美さんは当時41歳。高齢出産だったため、リスクがあることは覚悟していたと言います。

「40歳を超えて授かった子でした。仮に障害を抱えて生まれても受け入れよう、と夫と話し合っていました。

医師にも『もし子どもに何かあったらすぐに教えて下さい』と伝えていました。『オギャーッ』と生まれた後、医師と助産師が何やら話し合っていて、なかなか子どもが私の元に来ません。

不安に思っていると、顔に黒アザのある赤ちゃんが連れて来られて。何でも受け入れると覚悟をしていたはずなのに、『何があったの？』との思いが頭の中で繰り返されました」

夫の圭介《けいすけ》さん、当時42歳も戸惑いました。

「娘が生まれて素直にうれしかった。でも、何が起きたんだろう。どうなっちゃうんだろう。とにかく不安でした」

明るく前向きに生きてほしいと、「明日香」と名付けたと圭介さんは振り返ります。

「アザがあるから『私にはできない』と選択肢を狭めるのではなく、人生を自分で切り開いていく子になってほしいと考えました。とはいえ、明日香が将来、アナウンサーといった見た目が求められる仕事をやりたいと言ったら、その場でどのような言葉をかけるのか今は想像がつきません」

明日香ちゃんは1歳半になるまでに、母斑を切除するなどの手術を4回受けました。池上さん夫妻には葛藤があったと言います。

「明日香の顔を見た人に『今は医学が進歩しているから、アザもすぐきれいにできるわよ』と慰められました。そう言われると、そもそもとらないといけないものなのかなと、モヤモヤした気持ちになりました。生まれたままの姿で育ててもいいのではないか、手術をするかどうかは本人が判断できる年齢になるまで待ってもいいのではないか、と迷いました。でも、このまま放置すると、悪性腫瘍になる可能性もあるとの説明を医師から受けました。また1歳までに治療を始めたほうが効果も高いので、決断しました。どこまで母斑を減らすことができるかわかりませんが、これからも治療を続けることになります。

手術して、結果的には、よかったと今は考えています。もし手術をしなかったら、ネットで延々と情報を検索して、手術すべきかどうか今も悩んでいたかもしれません」

## アザが気になったら「声をかけて」

周りの言動に、日登美さんはつらい思いをすることもあると言います。

「娘の顔に症状があるからといって外出を控えることはしていません。どんどん外に出ています。

ただ、ジロジロ見られます。エレベーターの中で、小さな子が娘の顔に向けて指をさしました。すると、その母親が『やめなさい』とその子を叱り、私に『ごめんなさい』と謝って、手を引っ張ってエレベーターから出て行きました。

この母親に悪気はないことは承知していますが、娘の顔が『触れてはいけないもの』として扱われたと思うと、複雑な気持ちになりました。

娘の顔が気になったら私は声をかけてほしいです。生まれつきのアザであること、そして元気いっぱいの娘であることを説明できるので。そうすれば理解者を増やすことができます。

あるとき、小学3年生くらいの子が『どうして黒いの？』と聞いてきました。すると、前から娘のことを知っている別の子が『生まれつきだって。かわいいからいいじゃん』と言ってくれました。とってもうれしかったです」

日登美さんは明日香ちゃんの悩みに寄り添いたいと考えています。

「明日香は今、ほかの人にニコニコと笑顔を振りまきます。ただ、いずれ『なんで周りの

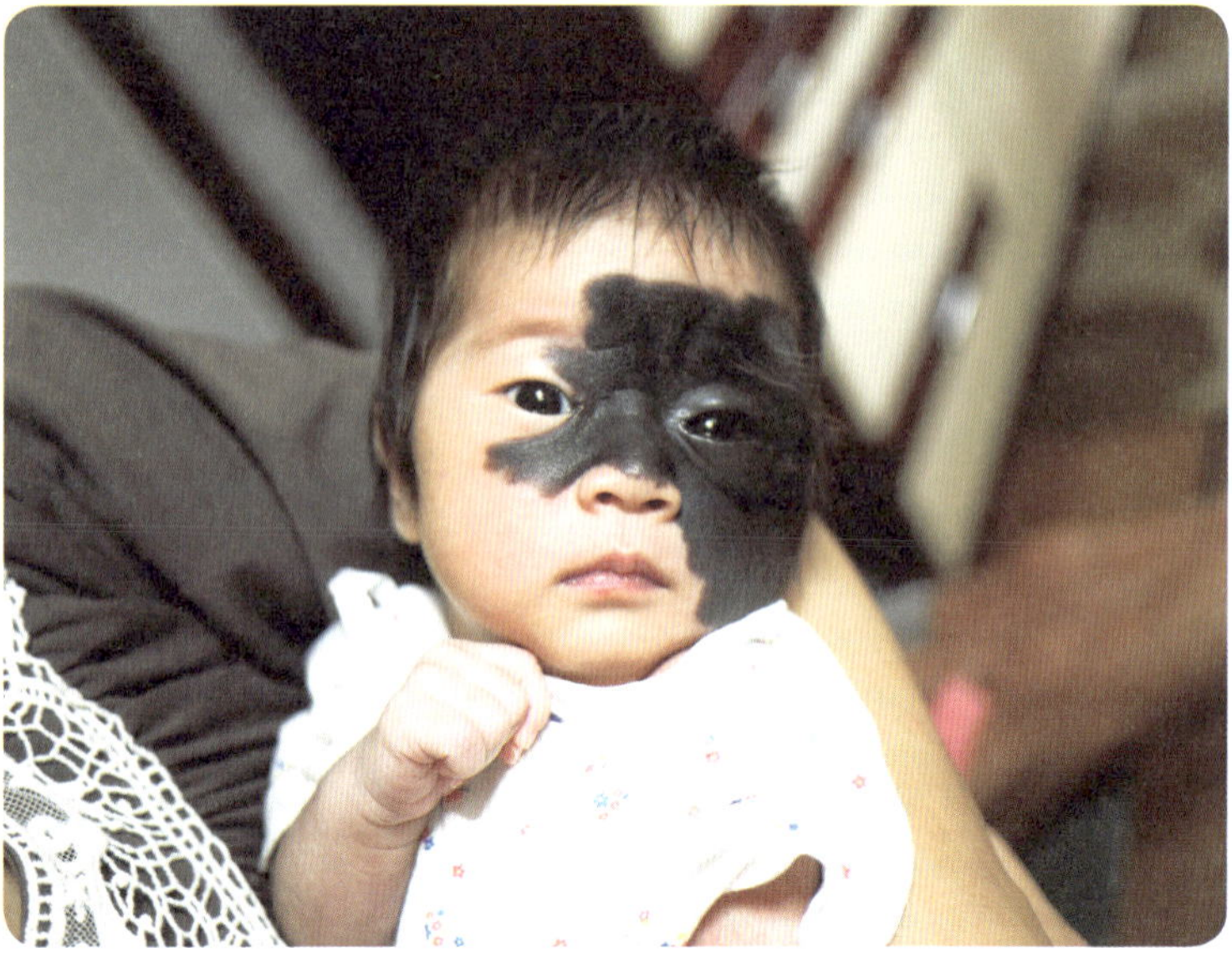

人たちは、自分のことをそんなにジッと見てくるんだろう』と不思議に思うでしょう。そのときは、ちゃんと説明しようと考えています。

活発で、音楽が好きで、好奇心旺盛な明日香がどんなふうに成長するのか楽しみです。黒いアザは明日香の一つの要素にしか過ぎません。

ただ、悩むときもくるかもしれません。そのときには、気持ちを察知してやりたい。家族一丸になって、どうすればいいのか考えたいです」

圭介さんも同じ思いです。

「親として責任をもって明日香を見守ります

が、この子は将来、見た目のことで親に言えないような悩みを抱えるかもしれません。そんなとき、外見に症状がある人や支援者に知り合いがいれば、明日香にとっても私たちにとっても心強いなと思い、マイフェイス・マイスタイルの交流会に参加しました」

パパママセミナーでは、成人した当事者からリアルな体験談を聞きました。池上さん夫妻は、今後の子育てのヒントがあったと振り返ります。

「ある当事者の方は、親が疾患について入学前に学校に説明していたと話していました。過度な干渉は控えますが、ちょっと親が先回りしてサポートできることはありそうです。

当事者の方々は、何か打ち込めるものを見つけて見た目の悩みを乗り越えていました。娘にも夢中になれるものを見つけてほしい。だから、親として、そのためのきっかけや選択肢をたくさん用意してあげたいと考えています」

*

## 「なぜ僕はジロジロ見られるの？」

この章の冒頭で紹介した映画「ワンダー」を鑑賞し、涙が止まらなかった家族がいます。天野さん一家です。長男の嘉人《よしと》くんはトリーチャーコリンズ症候群で、年齢も映画の主人公オギーと同じ10歳です。両親に姉、そして犬がいるという家族構成も同じでした。母親の博美《ひろみ》さん44歳と、嘉人くんに会うため、僕は神奈川県に向かいました。僕は嘉人くんを一目見て、「ワンダーのオギーとそっくりだな」と思いました。博美さんは「映画館では、冒頭のシーンから最後まで泣きっぱなしでした」と振り返ります。

「映画を、自分の家族と重ね合わせて見てしまいました。嘉人もオギーのように、ユーモアにあふれ、明るくて、優しくて、格好よくて、友だちもいて、私たち夫婦の自慢の息子です。本当にいいやつです。

映画館では、誰かに『ひょっとして主人公と同じ病気ですか？』と声をかけてもらえないかと期待していました。『そうなんですよ！』って説明すれば、トリーチャーコリンズ症候群への理解者を増やせますからね。でも、みなさん気づかないふりをするのがお上手で。残念ながら、声をかけてくる人はいませんでした」

オギーが母親に「なんで僕は醜いの？」と詰め寄ったように、博美さんも嘉人くんに「なぜ僕はジロジロ見られるの？」と聞かれたことがありました。

「嘉人が幼稚園児のころでした。ついに聞かれたかと思い、『背が低い人がいたり、太った人がいたりと、みんな見た目は違う。嘉人はそのままでいい』と答えました。『変な顔』と悪口を言われることについても、『嫌な言動をする人もいるけど、優しい人や友だちもたくさんいる。大丈夫だよ』と伝えました」


嘉人くんの疾患について、今は明るく語る博美さんも、出産直後には不安に押しつぶされそうになりました。

「すぐには現実を受け止めることができませんでした。初めて嘉人を見たとき、『外国人みたいな顔しているなぁ』と思いました。いろいろ検査したほうがよいとのことで、出産から1時間後には大きな病院に救急搬送されました。その後、医師から症状の説明を受け、この子はどんなつらい人生を歩むことになるのだろうか、私たち家族はどうなってしまうのだろうかと、不安になりました」

出産から数カ月後、少しでも情報がほしいと、病院を通し、同じ疾患の子を持つ親を紹介してもらいました。博美さんは「希望の光」を感じました。

「同じ疾患の2歳の男の子と、お母さんに会いました。その子が、すごく元気に走り回って、ご飯をもりもり食べていました。そして、そのお母さん自身もトリーチャーコリンズ症候群で『疾患のせいでいろいろあるけど、世の中は悪い人よりもいい人のほうが多かったよ』と語っていました。そんな2人の姿を見て、『よし、私も前向きに頑張ろう』と気持ちを切り替えることができました。

当時4歳だった長女にも救われました。何の偏見もなく、生まれたばかりの嘉人を見て『かわいい』って。嘉人の顔を見て、いろいろ言ってくる子がいても、長女は『こんなにかわいいのに、なんでそんなこと言うんだろう』って不思議がっていました。今、長女は中学生になりましたが、自分の友だちにも『見て、私の弟よ』って嘉人を紹介しています。

夫は当初から『そう生まれた以上は仕方ない』と割り切って、『私たちができることをしてやろう』というスタンスでした。私が不安になって取り乱したときには、『そうか、そうか』と耳を傾けてくれました。夫が嘉人について、ネガティブな発言をすることはな

かったです」

## 好奇の目に対する怒り

博美さんは、なるべく嘉人くんを外に連れ出したと言います。

「近所の人たちに『こういう子がいます』と知ってもらわない限り、嘉人にとって住みやすい場所にならないと考えていました。だから顔を売り込むために、意識して外に連れて歩きました」


それでも、嘉人くんに好奇の目が寄せられるのは苦痛でした。そんなとき、嘉人くんの言葉に、博美さんはハッとします。

「知らない人から、嘉人に向け『変な顔』との言葉をかけられると、やっぱり悔しくて。嘉人が幼稚園のころまでは、私もむきになってにらみ返したり、『謝って』って言ったりしていました。ある日、当時6歳の嘉人に『ママ、やめて』と言われました。『怖いママを見たくない。僕も顔について何か言われるのは嫌だけど、気にしないようにしているんだ。だから、ママは言わなくていい』って。それ以来、私も我慢するようになりました」

嘉人くんは生まれつき耳が欠損しており、聴覚障害があるため、聾《ろう》学校に通っています。博美さんは「普通学校に通わせるべきでは」と迷うこともありましたが、今は「嘉人がストレスなく、楽しく過ごせるのは聾学校だ」と考えています。

「普通学校に通う子の友だちもたくさんいます。学校から家に帰ってくると、玄関にランドセルを置いて、そのまま近所の友だちと遊びに出かけています。その点は、とても環境に恵まれています」

時々、嘉人くんが疾患を言い訳に使うのが気がかりです。

「自分の思うようにならなかったり、大人に怒られたりすると、『僕はどうせ周りと違うから』とふてくされます。

嘉人は自分の姿を『イケてる』と考えている反面、『周りと違って、嫌だな』って気持ちも内心あると感じています。思春期になると、自分の見た目へのネガティブな思いが強まるかもしれません。ジロジロ見られることも嘉人には一生ついて回るだろうから、どう消化していくのかが嘉人に問われるのだろうと感じています」

## それでも、今のままで

僕が博美さんに取材している間、嘉人くんは、サッカーのテレビゲームに熱中していました。写真撮影のあと嘉人くんに声をかけると、恥ずかしそうにしながらも、今の思いを語ってくれました。

「6歳のころかな。外で、ママがトイレから戻るのを一人で待っていたら、小さな子たちに囲まれて、顔について言われて、泣いちゃいました。男の子のグループとすれ違ったとき、後ろから跳び蹴りするまねをされたこともあります。小学3年生のときには、学校から帰る途中、中学生たちにからまれ、怖くてダッシュで逃げました。

そういう怖い思いをすることはあるけど、今はトリーチャーコリンズ症候群であることを、そんな嫌だとは思っていないです。毎日が楽しいし、友だちもいっぱいいるので。将来は、サッカー選手になりたいです」

博美さんは、嘉人くんに強みを持ってほしいと言います。

「夫は、嘉人が強みを持つことが大事だと常々言っています。周りと違うところがある子

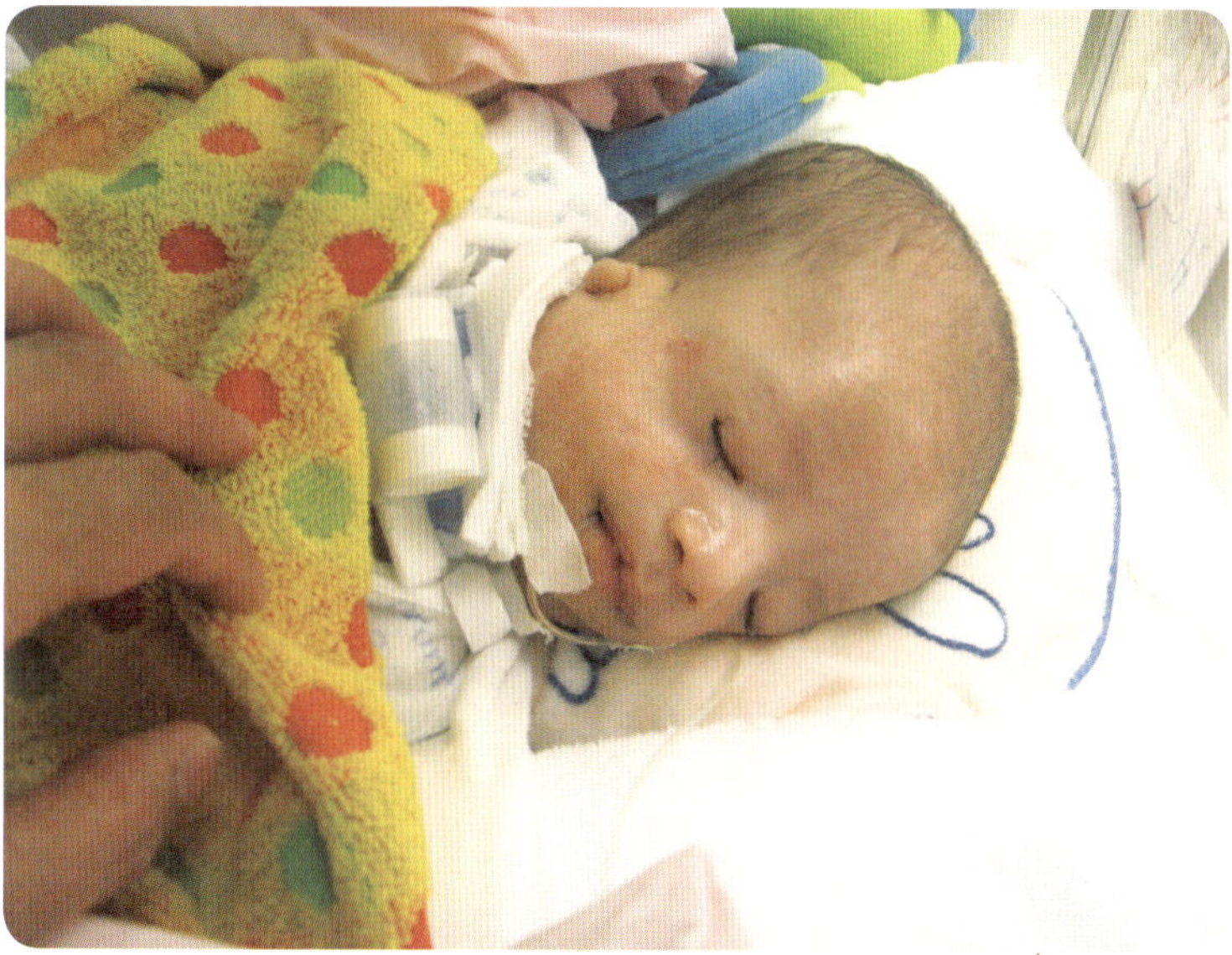

上・生まれたての嘉人くん
下・今はリッカーに夢中

だから、『これだけは他人に負けない』という強みを持つことで、自信を持って生きていってほしいと。私もそう思うので、どんなことでもいいから好きなことを見つけてほしい。だからダンスやサッカーなど、習い事をたくさんやらせています」

最後に、失礼な質問とは思いつつも、僕は聞きました。「嘉人くんにトリーチャーコリンズ症候群という疾患がないほうがよかったですか」

博美さんは少し考えた後、きっぱりと言いました。

「生まれる前だったら、普通に生まれてほしいと願ったでしょう。今でも、嘉人のためには疾患がないほうがいいとの思いはあります。

それでも、私は『今の嘉人』がいいです。嘉人が家族にたくさんの喜びを与えてくれました。外見なんかよりも内面の格好よさが大切だって、嘉人に教えてもらいました。私の中にあった障害者への偏見もなくなりました。

トリーチャーコリンズ症候群であることも含めて、今の嘉人のことが大好きです」

〈取材を終えて〉

いずれの親も、子どもが好奇の目で見られたり、心ない言葉を浴びせられたりした経験をしていました。僕も息子の顔について「変な笑い方をするなぁ」と言われたことがあるだけに、その痛みがわかります。

僕はたまに、長男に「顔について何か学校で言われてないか?」と聞いてきました。顔の悩みについて、いつでも話してもらいたいとの思いからです。ただ、この質問の仕方はちょっと違うんじゃないかと思い始めています。この言葉には「君の顔は、いじめられやすい顔だ」との意味が含まれてしまっています。そんな親の意識が、長男にすり込まれる恐れがあります。なによりも、僕が長男の顔に強いこだわりを持っている証拠です。

僕は普段、長男の顔について意識することはありません。疾患があることを、忘れてさえいます。そうであるなら、あえて顔にフォーカスせず、「最近の学校はどう？」と普通に聞けばいいかもしれません。その中で長男の口から顔の悩みが出れば、そのときに向き合えばいい。「どんな悩みでも聞いてあげるよ。応援しているぞ」とのメッセージが伝わればよいと考えるようになっています。

天野さんと池上さんが、子どもたちに「強み」を持たせてあげたいと語っていたことに、僕も共感しました。同じように考え、空手やピアノ、プログラミングなど長男が興味を持ったものは、すべて体験させています。

今回、本を書く上で、長男の名前や写真を掲載することには迷いがありました。長男が思春期になったとき、「世の中に自分をさらされた」と怒るかもしれません。

それでも掲載に踏み切ったのは「拓都の理解者を増やしたい。症状について知ってもらいたい」と思ったからです。池上さん夫妻のように「母斑について知ってもらいたい」と取材に協力してくれた人もいただけになおさらでした。

いずれの親も迷い、悩みながらも、それぞれの場面で決断を下し、子どもたちに前向きな言葉をかけていました。僕も長男が「こんな顔が嫌だ」と言ったら、「パパとママは嫌とは思っていない」と心の底から言葉を発せられるようになりたいです。もし「手術をしたい」と相談を受けたら、耳を傾け、そのリスクを説明した上で、本人の意思を尊重するつもりです。

COLUMN

# 中高生とミタメトーク！

「自分の顔が嫌い」「背の低さがコンプレックス」。思春期を迎え、中高生は外見について悩みがちです。そんな10代と外見に症状がある3人が交流するイベント「ミタメトーク！」を2019年春に東京都内で開きました。

ゲストはアルビノの神原由佳さん、顔にアザがある三橋雅史さん、トリーチャーコリンズ症候群の石田祐貴さんの3人。彼らのリアルな体験や考え方が、中高生たちが悩みに向き合うためのヒントになるのではないかと考えました。中高生は、次々と3人に質問を投げかけました。

絶対に曲げない信念はありますか――そう問われ、神原さんが「白い髪を染めない！」と即答すると、会場からは「おー」という歓声とともに拍手が起きました。神原さんは「この姿でいたい。髪を染めると自分を否定することになるので」と言いました。

過去の自分にかけてあげたい言葉は――三橋さんが

「友達ができなかった高校時代の自分に『今は大変だろうけど、逃げてもいいよ』と伝えたい」と語りました。

うっとうしい善意は――石田さんが「大変だねと、僕にすごく共感を寄せる人がいる。悪意はないし、励ましてくれるつもりで言ってくれているとは思うけど、『僕の気持ちはわからないよね』と感じてしまいます」と答えました。

当事者の言葉は中高生にも響いたようです。3人の姿を見て「あっ」と驚いたという女子生徒は「理解すれば偏見もなくなると思う。外見に症状がある芸能人がいれば、世の中が変わるのでは」。中高生の中にも当事者がおり、そのうちの一人はこう言いました。「僕もいじめられた経験がある。見た目が普通とは違って、人間っぽくないところがあるかもしれない。でも『僕たちも人間なんだ』と訴える必要があります」

イベントが終わり、僕は中高生に見た目問題を理解してもらった充実感を味わいつつ、石田さんの発言が頭から離れませんでした。相手の気持ちを想像し、自分ごとのように感じる「共感」は、一般的によいことだとされています。でも安易な共感は相手に見破られます。

では、どう接すればいいのでしょうか。参加した中高生たちも頭を悩ませていました。僕も明確な答えはありません。ただ、共感するにせよしないにせよ、まずは「あなたのことをもっと教えてほしい」と相手を理解しようとする姿勢が大切なのだと思います。

# おわりに

この本を書くために、20人を超える外見に症状がある人たちに取材しました。彼ら・彼女らの話に僕は耳を傾けながら、長男の拓都が生きる上でのヒントはないかと考えていました。取材を始めた当時は、うまく笑顔の表情をつくれない拓都の将来をとても不安に感じていたので必死でした。

なぜ僕はこんなに不安なのか。笑顔がコミュニケーションの大切なツールだという強固な社会通念があるためです。そして、「左右対称の普通の笑顔でなければならない。ゆがんだ笑顔では受け入れてもらえない」と僕が思い込んでいたためです。

そんな僕の凝り固まった考え方は、取材を重ねるうち、どんどんと変わっていくのがわかりました。そして、どんな見た目であっても幸せをつかむことはできるという確信を僕は得ました。

まず実感として「顔には慣れる」ことがわかりました。トリーチャーコリンズ症候群の石田さん、リンパ管腫で左顔が大きく膨らんだ中島さん、動静脈奇形の河除さんのように、顔が大きく変形している当事者と初めて会ったとき、僕も違和感を覚え、目のやり場に困りました。ただ、30分も話していると、その違和感は薄まり、話の内容を聞き取ることに集中していました。取材が終わるころには、何も感じなくなり、ごくごく普通に接していました。

拓都の表情にも慣れてしまえば、周りの人たちにとっても単なる特徴の一つでしかなくなると思います。僕が外見に症状がある人を報道し続ける意義はここにあると考えます。僕の記事を通し、いろんな見た目の人がいることを知って、慣れてほしい。

取材した当事者の多くは見た目について葛藤し、挫折を繰り返しながらも、なんとか折り合いをつけて生きている人々でした。「顔についてはあきらめている。あきらめることで楽になれることがある」「私の人間関係はマイナスから始まる。だから会話や行動で相手の印象を変える」「見た目は変えられなくても、内面は努力すれば磨ける」。彼ら・彼女らが発する言葉は、時に僕の価値観を揺さぶりました。また、愛された体験を持つ当事者は、折れない強さや前向きさを持っていると感じました。僕が親としてできることは、拓都という存在をまるごと愛することだと思います。

何より、僕の中にある偏見を解きほぐしてくれたのは、拓都でした。楽しいことがあれば屈託なく笑う姿は、「笑顔は左右対称でなければならない」という僕の価値観がそもそも間違っていることを教えてくれました。彼の笑顔は、僕の心を温めてくれます。多少ゆがんだ表情でも、心から楽しくて笑っているかどうかは相手に伝わります。

大事なのは、それこそ表情の形ではなく、その表情に感情が伴っているかどうかだと身をもって教えてもらいました。

とはいえ、拓都が他人に心ない言葉を浴びせられる恐れはあります。多感な思春期になれば、見た目について深く悩むかもしれません。ずっと彼に寄り添いたいとは思うものの、反抗期になれば僕や妻には相談してこないでしょう。

そんなとき、この本をこっそりと手にとってほしい。きっと拓都が悩みと向き合うヒントが、たくさん詰まっていると思うから。

読者の中にも「太っている」「背が低い」「髪の毛が薄くなってきた」「顔のシワが目立ってきた」といった見た目のコンプレックスを持っている人がいると思います。そんな人々にとっても、当事者の考え方や生き方は参考になるはずです。そういう意味で、この本を見た目に悩みがあるすべての人に送りたいと思います。

忘れてはいけないのは、本書に登場した人々は少数派であるということです。外見の悩みをある程度は乗り越え、覚悟をもって取材に協力してくれた人たちです。一方で、今まさに深い悩みの中にいて、声をあげることもできない当事者が多いと思われます。

学校でいじめを受けたり、恋愛に踏み出せなかったり、仕事が決まらなかったりと、見た目問題に直面している人もいるでしょう。そんな人たちに、本書が一筋の光となることを願います。

当事者は幸せをつかむために様々な努力をしています。でも、その頑張りを当事者ばかりに押しつけているのが現状です。次は、社会が当事者を見る目を変える番です。

まず、いろいろな外見の人がいることを知る。そして、彼ら・彼女らを好奇な目でジロジロ見ない。普通に接することを心がけ、内面を知ろうとする。そういった人が増えていくことで、当事者が生きやすい社会になっていきます。

最後に、拓都に言葉を贈ります。

「うまく笑えなくたっていいじゃないか。爆笑の人生を送ってくれ」

本文内の年齢は、２０１９年３月末時点のものです。

# 参考文献


**第1章**

ダヴによる少女たちの美と自己肯定感に関する世界調査レポート　２０１７年

石井政之、石田かおり『「見た目」依存の時代——「美」という抑圧が階層化社会に拍車を掛ける』原書房、２００５年

吉村さやか「『髪の喪失』を問う」『障害学研究11』明石書店、２０１６年

**第2章**

藤井輝明『運命の顔』草思社、２００３年

**第3章**

ダニエル・S・ハマーメッシュ『美貌格差——生まれつき不平等の経済学』東洋経済新報社、２０１５年

**第6章**

レイ・ブル、ニコラ・ラムズィ『人間にとって顔とは何か——心理学からみた容貌の影響』講談社、１９９５年

石井政之『顔面漂流記——アザをもつジャーナリスト』かもがわ出版、１９９９年

**コラム**（１６９ページ）

矢吹康夫『私がアルビノについて調べ考えて書いた本——当事者から始める社会学』生活書院、２０１７年

**その他**

一般社団法人部落解放・人権研究所編・発行『見た目問題のいま——差別禁止法制定を求める当事者の声⑥』２０１７年

水野敬也『顔ニモマケズ——どんな「見た目」でも幸せになれることを証明した9人の物語』文響社、２０１７年

西倉実季『顔にあざのある女性たち——「問題経験の語り」の社会学』生活書院、２００９年

# 岩井建樹

いわい・たてき

1980年岐阜県生まれ。
朝日新聞文化くらし報道部記者。2005年入社。
岡山、京都、環境省担当、岩手、紙面編集などを経て、現職。
スマホ世代に向けたニュースサイト「withnews」にて、
「見た目問題 どう向き合う?」を連載中。



写真―朝日新聞社
本人提供
(P19、27、31、51上、87、95下、123、147、163、187、203上、214、223)

ブックデザイン―アルビレオ

この顔と生きるということ

2019年7月30日 第1刷発行

著者 岩井建樹

発行者 三宮博信

発行所 朝日新聞出版

〒104-8011 東京都中央区築地5-3-2

電話 03-5541-8832(編集)

03-5540-7793(販売)

印刷製本 図書印刷株式会社



ISBN978-4-02-251622-0

定価はカバーに表示してあります。